Bleu Caraïbes

Dans la même collection

Parce que c'était lui	Roger Stéphane
Le petit galopin de nos corps	Yves Navarre
Ma moitié d'orange	Jean-Louis Bory
Hombres	Verlaine
Alcibiade enfant à l'école	Antonio Rocco
L'autre Dracula	Tony Mark
Les hommes au triangle rose	Heinz Heger
Portrait de Julien devant la fenêtre	Yves Navarre
Pour jamais	Éric Jourdan
Un garçon à la mode	Olivier Cechman
Vivre à midi	Jean-Louis Bory
Mourir en beauté	Jean-Pierre Ferrière
La Plongeon	Olivier Delorme

ISBN 978-2-84547-162-7

Nicolas Henri

Bleu Caraïbes

roman

H&O
POCHE

À tous les paumés, les pédés,
les putains et les bonnes sœurs
qui m'ont permis de découvrir Haïti
par l'envers du décor…

Chapitre I

JEAN TI-BOIS

Le Boeing entama sa descente sur Port-au-Prince à travers les nuages de l'orage qui couvait sur le Massif de la Selle. Dans la lumière argentée de cette fin d'après-midi, les tôles des bidonvilles miroitaient autour d'une baie que les dépliants touristiques magnifiaient comme une des plus belles du monde. Après quelques secousses l'avion la survola pour amorcer un vaste virage et atterrir sur l'aéroport François Duvalier.

Sur le tarmac de l'aéroport, dans le fracas des réacteurs, des jeeps et des tracteurs, un orchestre étique s'évertuait malgré tout à répandre quelques notes de bienvenue. Pour ne rien arranger, la descente dans les turbulences orageuses m'avait rendu à moitié sourd, si bien que les plaintes de la contrebasse et les accents des deux trompettes se confondaient avec le brouhaha ambiant dans un vague vrombissement feutré. Un vent moite balayait l'aire d'atterrissage et l'orage grondait déjà sur les mornes surplombant la ville.

Contre toute attente les formalités douanières furent expédiées sans trop de mal et dans une sorte de demi-inconscience où me maintenaient les bourdonnements aux oreilles, j'affrontai la meute des chauffeurs de *tap-tap* et de taxis hélant et racolant avec force cris les passagers du vol hebdomadaire Paris-Port-au-Prince. Heureusement, j'aperçus rapidement une pancarte avec mon nom. Le chauffeur du *Tropical* était bien au rendez-vous.

Le *Tropical Guest House*: un nom qui évoquait pour moi la mer aux reflets de jade, l'ombre tiède des palmiers, le farniente à moitié nu dans de vastes fauteuils d'osier et de somptueux cocktails colorés servis par un éphèbe à la peau noire ou caramel, presque nu lui aussi, à la démarche indolente, au sourire enjôleur. J'avais découvert l'adresse du *Guest House* dans les petites annonces d'un magazine de charme pour homosexuels – le mot gay était peu usité en ces années où le sida en était encore à ses premiers balbutiements mortels. Outre le gîte et le couvert, l'annonce suggérait que l'endroit était propice aux rencontres amicales. J'espérais y trouver un guide pour m'accompagner dans ce premier trip en solitaire dans une île des Caraïbes. Et plus si affinités…

Pourquoi le cacher ? Ma descente aux Antilles n'était pas seulement motivée par l'attrait des palmiers et des plages blondes. J'étais gay, j'aimais les garçons et, dans ma verte campagne, ce n'était pas convenable. Aussi, plutôt que de sombrer dans une abstinence dépressive, j'avais choisi d'aller jeter ma gourme sous les tropiques en mettant un océan entre la bienséance rurale et mes plaisirs. Tant qu'à succomber aux charmes de l'île autant succomber aussi aux charmes des Haïtiens pour échapper enfin à la chasteté forcée, sans doute la plus perverse des facettes de la sexualité.

Christophe Colomb avait découvert les Caraïbes par inadvertance alors qu'il était à la recherche des Indes. Il rêvait d'en ramener de l'or et des épices. Mes Indes à moi avaient le charme épicé des baisers et des étreintes secrètes, la peau douce et lisse des ventres d'ébène et le langage truculent de désirs assouvis. Mes Indes à moi, je rêvais de les explorer du bout des lèvres, du bout des doigts, du bout du sexe. Contrairement à celles de Colomb, mes Indes à moi, je pouvais les trouver en terre caraïbe. Et j'espérais bien que le *Tropical* serait un port d'attache à la hauteur de mes fantasmes.

Mes bagages à peine déposés dans le coffre de la voiture, une spacieuse japonaise, les premières gouttes de l'orage étoilèrent le pare-brise. Ce n'étaient encore que quelques gouttes éparses et les jeunes qui taquinaient un ballon de foot près du parking de l'aéroport n'en semblaient nullement affectés, continuant à se dribbler, le torse empoussiéré, zébré de balafres de pluie. Le taxi plongea dans la ville à tombeau ouvert. Littéralement. La bourrasque secouait les palmiers et les flamboyants auxquels elle arrachait de longs pétales rouges. Des deux côtés de l'avenue qui pénétrait dans la ville, des femmes et des kyrielles de gosses encombraient les points d'eau pour s'y laver dans de grandes éclaboussures de savon ou emplir quantité de bassins multicolores. Les *tap-tap* se faisaient la nique les uns les autres dans une implacable chasse aux clients. Mon chauffeur, fort du bon droit qu'il s'accordait à coups de klaxon, fonçait, n'utilisant les freins que parcimonieusement lorsqu'un irréductible piéton persistait à traverser le boulevard sans accélérer le pas.

Les images se heurtaient dans ma tête comme dans un kaléidoscope en folie. Grands panneaux publicitaires vantant *l'American Way of Life*, l'inévitable *Coke*, les bienfaits du duvaliérisme. Gosses nus se savonnant sur le trottoir. Femmes aux seins tantôt flasques, tantôt hardis, la tête haute, malgré les paniers débordant de chiffons, de victuailles ou d'ustensiles de toutes sortes. La mer grise et étale en dépit du vent.

Une sorte d'effroi me saisit. Non pas de voir cette foule miséreuse vivre dans des amas de tôles, de bois maigres et de ciment, fouillis entrecoupés de tranchées nauséabondes dont l'orage évacuerait un peu les excréments et les immondices. Mais un effroi beaucoup plus prosaïque que la conduite aventureuse de mon chauffeur ne faisait qu'aggraver. Comment allais-je faire, moi, dès demain, pour circuler dans cette fourmilière où le code de la route, comme le régime en place, était fondé sur le droit du plus fort ? J'avais la conviction que si je me mettais au volant, je serais mis hors course au premier carrefour !

En quelques minutes le ciel gris était devenu noir. Une pluie drue crépita sur la voiture arrêtée devant une solide porte de fer peinte en rose : l'entrée du *Tropical !*

Sans tarder je m'engouffrai dans le hall qui servait aussi de bar. À peine entré, un coup de tonnerre plus percutant ébranla le quartier. L'unique lustre du bar s'éteignit. Pendant une bonne minute, l'obscurité fut totale, ponctuée par le tonnerre. Dans ce bar minuscule, j'avais à peine eu le temps d'entrevoir une demi-douzaine de jeunes Noirs – du moins je les présumais jeunes – assis ou allongés sur des fauteuils. L'un d'eux était allé chercher le patron tandis qu'un autre allumait une bougie fichée au goulot d'une bouteille sur le comptoir. Apparemment, les pannes d'électricité n'étaient pas inattendues.

La flamme sortit le bar de l'obscurité mais le plongea dans une aura de mystère et d'ambiguïté. Le patron – il se faisait appeler Charlie – s'installa derrière le comptoir. Il était grand, assez maigre, grisonnant, le parler traînant, la poignée de main molle et le sourire rehaussé d'une dent en argent. Pendant que je lui dictais les renseignements utiles à ma fiche d'hôtel, je jetai un coup d'œil derrière moi. Des visages immobiles, seul le blanc des yeux ressortait de la pénombre. Parfois le reflet de la bougie s'attardait sur la peau nue d'une cuisse mal contenue dans un short effiloché et trop étroit, sur le sexe proéminent d'une statue d'ébène. Le vacarme de la tornade dominait les rares chuchotis échangés dans mon dos.

Les oreilles toujours bourdonnantes, la tête brusquement vide, je n'aspirais plus qu'à me coucher. Et dormir. Car si Port-au-Prince en était seulement au crépuscule, l'Europe que j'avais quittée le matin avait largement franchi le cap de minuit. Dans ces conditions, je ne me souciais plus guère du décor du *Tropical* et ne me sentais pas d'attaque pour affronter les jeunes mâles qui n'attendaient sans doute qu'un geste pour me suivre, porter ma valise et libérer pour moi seul les charmes contenus dans leurs shorts étriqués.

Comme l'accès aux chambres ne pouvait se faire que par un escalier extérieur, c'est complètement trempé que je franchis le seuil de mon futur « paradis ». Un paradis plutôt sordide et peu conforme à l'image idyllique que je m'en étais fait. Un paradis sombre et moite, privé de lumière, ce qui n'était pas grave quand on n'avait qu'une envie : dormir ; mais aussi privé de ventilateur, ce qui, dans la touffeur crépusculaire de Port-au-Prince, était plutôt ennuyeux.

Mes bagages à peine rangés dans un coin de la pièce, je me déshabillai, me séchai, avant de m'affaler sur le vaste lit, ne gardant que mon slip. La chambre étant à l'extrémité du bâtiment, j'avais laissé la porte et la fenêtre ouvertes pour créer un indispensable courant d'air. L'ai-je assez dit, je n'aspirais plus qu'à une chose : dormir. C'était compter sans la sollicitude des anges du *Tropical*. Ce soir-là, mon ange gardien s'appelait Jean.

À peine étais-je couché qu'une silhouette vint s'encadrer dans le rectangle plus clair de la porte. C'était forcément un garçon. Assez grand. La pluie le poussa à l'intérieur. Il était porteur d'une lampe à pétrole dont il m'expliqua le maniement et qu'il alluma avant de s'enquérir :

– Tu n'as besoin de rien ?

Malgré l'heure, je n'avais ni faim ni soif. Mais il émanait de ce garçon une sorte de douceur réconfortante, presque maternelle. Ne serait-ce que pour prolonger cette présence et le revoir, je lui commandai un sandwich. Il revint après quelques minutes, porteur d'une soucoupe chargée de tranches de pain triangulaires entrecoupées de fromage. J'y goûtai à peine. Je n'avais pas faim et le fromage n'était plus très frais. Le garçon attendait toujours, dos au mur, silencieux.

– Comment t'appelles-tu ? Quel âge as-tu ?

– Jean. Jean Ti-Bois. J'ai dix-huit ans.

Ce n'était plus une ombre collée au mur. Il avait un prénom, un nom, un âge. Il prenait corps.

Je lui demandai un Martini.

Il réapparut très vite.

– Il n'y a plus de Martini.

– Dans ce cas, prends un apéritif. Un autre. Ce qu'il y a !

Il remonta avec une boisson rouge et sucrée. Ces va-et-vient l'avaient trempé. Il enleva son tee-shirt, s'en servit pour s'essuyer les cheveux, se frictionner le dos. Son ombre, démesurée, se déhanchait sur les murs nus de la chambre. Il s'approcha du lit où j'étais toujours couché, sirotant lentement l'apéritif.

– Ça va ?

Il parlait peu et lentement. Il me demanda mon nom, ce que je faisais, d'où je venais. Il s'était assis par terre, les mains croisées sur les genoux. Je l'interrogeai sur la durée et la fréquence des orages et des pannes d'électricité. Rien que des banalités et rien de bien excitant.

Étrange garçon que ce Jean ! Il m'intriguait. Il n'avait pas le côté provocant des prostitués que j'avais connus sous d'autres latitudes et je n'avais pas l'impression qu'il était tout à l'heure dans le bar du *Tropical*. Il me semblait plutôt craintif. Mais que craignait-il ? Que je le renvoie simplement après l'avoir remercié pour l'éclairage, le sandwich et l'apéritif ? J'étais encore incapable de dire si j'avais ou non envie de coucher avec lui. Mais sa présence, ce soir-là, dans cette ville fouettée par la tempête et livrée à l'obscurité, me rassurait. Pourtant, je n'avais jamais eu peur des orages. Au contraire.

Ignorant encore les usages de la maison, je supposais qu'il ne pourrait pas rester indéfiniment dans ma chambre à ne rien faire. Aussi, pour retarder quelque peu son départ définitif, je lui proposai :

– Tu ne veux rien boire ? Je te l'offre…

Il revint bientôt avec l'inévitable Coca. À nouveau trempé, car l'ouragan ne décolérait pas, il me demanda :

– Je peux prendre une douche ?

– Bien sûr ! Fais comme tu veux !

Sans doute aurais-je pu lui proposer de partager la douche. Je n'en fis rien. Au bout de quelques minutes, il vint reprendre sa place au pied du lit. Débarrassé de son jean et de son tee-shirt, il ne portait plus qu'une culotte de gymnastique noire. Il avait toujours son air de chien perdu un peu triste. Les glaçons de mon apéritif avaient fondu, le transformant en une sorte d'eau rose un peu douceâtre.

– Tchin !

Un bref sourire anima son visage. Il leva la tête pour boire une longue gorgée de Coca, découvrant son cou élancé.

– Ça va ? Tu es content ?

J'aimais cette façon d'être sans façons, de me tutoyer comme si nous nous connaissions de longue date. Oui, ça allait ! Oui, j'étais content d'être là, d'être bien. Nous parlions peu. Sans l'orage qui vibrait dehors, un silence paisible aurait meublé notre soirée. Je ne sais plus à quel moment, ni à quel propos il posa sa main sur mon épaule nue. Il était appuyé sur un genou, contre le lit. Il devait avoir des crampes à rester ainsi sans bouger. Son visage proche du mien, il murmura :

– Je suis le plus jeune ici. C'est pour cela que Charlie m'a dit de monter. Il paraît que tu préfères les jeunes ?

Voilà qui me laissait pantois! Une heure plus tôt, j'ignorais jusqu'à l'existence de Charlie. Je ne lui avais communiqué que mes nom, prénom, adresse et numéro de carte de crédit. Tout au plus, dans ma lettre de réservation, quelques mois auparavant, avais-je demandé s'il était possible de trouver un jeune guide pour visiter l'île. Charlie savait visiblement lire entre les lignes.

La question de Jean me prenait au piège. Plutôt que de lui répondre, je lui proposai une place plus confortable:

– Tu peux t'asseoir sur le lit, tu seras mieux qu'à terre…

Voilà qui fut fait.

Dehors l'orage commençait à s'essouffler mais quelques éclairs bleuissaient encore les murs de la chambre. Pour faire place à Jean, je me glissai vers le milieu du lit, les mains sous la nuque, le genou gauche relevé. Jean s'était assis en tailleur à mes pieds. Il vida d'un trait ce qui lui restait de Coca.

– Tu n'as plus soif?

– Merci…

Sa main droite ponctua le merci en se posant sur mon genou dressé. Nous ne disions plus rien. Nous étions à la croisée des gestes. Je remuai mon pied gauche, heurtant légèrement son entrecuisse. Il accentua la pression de sa main, sa main qui dérapa lentement du genou vers l'aine. Comme je ne réagissais pas négativement, ses doigts jouèrent un moment avec l'élastique de mon slip.

Étrange jeu que j'aurais pu arrêter d'un mot, d'un regard. Je n'avais rien demandé à Jean. Il ne m'avait rien proposé. Mais de silence en silence, l'irréversible approchait. S'il m'était resté quelques doutes sur le caractère particulier du *Guest House* où j'étais descendu, il n'aurait pas fallu longtemps à Jean pour les effacer.

Je bougeais et je respirais à peine. Du pied gauche, je caressai le short de Jean. À travers l'étoffe, mes orteils contournèrent la boursouflure du sexe avant de glisser vers la douceur plus molle des couilles.

Du genou au ventre, les caresses de Jean se firent plus précises, ne se limitant plus au contour du slip mais s'intéressant à son contenu. Comme elles ne me laissaient évidemment pas indifférent, je sentis ma verge gonfler sous la pression des doigts du garçon qu'à mon tour je me mis à caresser. Nos corps basculèrent, mes mains glissèrent sous son short, étreignant un sexe en pleine extension lui aussi. Il ne fallut pas longtemps pour que slip et short se rejoignent au pied du lit, ultimes défroques de notre pudeur.

À ma demande, Jean referma la porte de la chambre avant de joindre à nouveau nos bras, nos jambes, dans un combat singulier où les coups les plus doux étaient les plus audacieux. La bouche de Jean me goba le sexe, mes jambes nouées à son cou. Sa langue, sa salive, ses doigts m'incendiaient le ventre, le cul. Je n'avais plus qu'une obsession : éclater, jouir !

Docile, Jean se laissa basculer. À son tour, il s'allongea au milieu du lit défait. Ma bouche s'attarda sur la peau encore imberbe de sa poitrine, suça les tétons durcis et grenus. Ma langue s'incrusta dans le nombril au goût de sel, s'attarda au gland du sexe. Mes mains allaient et venaient des cuisses aux côtes, de la gorge aux couilles, du pli des genoux à la courbure des épaules. Puis, frottant de plus en plus vite mon sexe entre ses cuisses, mon sperme gicla enfin, éclaboussure blanche sur sa peau noire.

– Jean !

Cri d'amour ou de bête satisfaite, peu importe ! Je retombai inerte, mes jambes mêlées aux siennes, ma tête au creux de son épaule. Je venais d'effacer quelques mois de vertu.

L'orage dehors n'était plus qu'un murmure lointain. Jean me reprit, se coucha sur mon dos, et, sans m'enculer, avec beaucoup de douceur, beaucoup plus de douceur que moi, il jouit à son tour, répandant sa semence entre mes fesses. Ses doigts glissèrent sur mes flancs apaisés. Nous nous endormîmes de concert…

À l'aube, je lui refis l'amour. Rapidement. N'ayant sans doute pas trouvé son content dans ma trop brève étreinte, il la prolongea en se masturbant à genoux sur le lit jusqu'à ce que le bout rose de sa verge raidie libère quelques saccades crémeuses.

La banlieue s'éveillait dans le caquètement des poules, l'aboiement des chiens, le klaxon des premiers *tap-tap*. Le soleil était déjà haut, mais l'air du petit matin gardait encore toute sa fraîcheur.

Douché, rhabillé, Jean était redevenu le serveur du *Tropical*. Un serveur dont personne ne s'était inquiété de toute la nuit.

– Combien veux-tu pour cette nuit ?

À chacun ses pudeurs. Jean s'offusqua :

– Je ne suis pas un prostitué !

Voilà qui m'épatait et m'en bouchait un coin ! Étrange lupanar où le boy de service ne se contentait pas de vous servir à boire mais satisfaisait vos désirs les plus inavouables pour le prix d'un apéritif. Au fait, je ne savais pas encore combien je le paierais, cet apéritif!

– Je suis ton ami. Je ne fais pas cela pour l'argent. Si tu as été content tu pourras me faire un cadeau...

J'étais désarçonné par cette sorte d'amour bénévole. Je ne voulais pas le voler, je ne voulais pas blesser son amour-propre. Mais j'avais aussi la faiblesse de ne pas croire au bénévolat dans ce genre de rapport. Surtout dans un bordel.

– Dix dollars, c'est assez?

– Tu fais comme tu veux. Moi, je suis ton ami...

Il répéta cela avec une sorte de véhémence douce et son continuel sourire un peu triste. Il empocha quand même mes dollars et redescendit avec l'assiette de sandwiches à peine entamés, le verre et la bouteille vides. La parenthèse nocturne était fermée. C'était l'heure de préparer les petits-déjeuners.

Dans les jours qui suivirent, Jean continua à fréquenter ma chambre et ma douche. Aussi étonnant que cela puisse paraître et malgré tout le plaisir que j'avais éprouvé à batifoler une nuit avec lui, je ne lui proposai pas de recommencer. J'attendais qu'il reprenne l'initiative. Avait-il dit la vérité? Ne monnayait-il pas ses charmes comme les autres garçons qui paressaient dans le bar du *Tropical*? L'avenir me le révélerait sans doute. Il m'apprit que sa mère habitait toujours Gonaïves, dans le nord, et qu'il vivait chez sa sœur, à Port-au-Prince, où il poursuivait ses études dans une école technique, chez les Frères des Écoles Chrétiennes. Pour payer son minerval scolaire, il effectuait les menus travaux du *Guest House*. C'était le boy à tout faire. Et s'il lui arrivait de passer de la cuisine au plumard d'un client, c'était assez rare et uniquement à la demande de Charlie. Comme cette nuit-là. Contrairement aux boys du bar, il ne racolait pas. Jean semblait très attaché à Charlie. Charlie, c'étaient les études et le pain quotidien assurés. Au prix, de temps à autre, de quelques pirouettes dans le lit d'un client. Voilà sans doute qui expliquait l'indicible voile de tristesse qui ne quittait jamais Jean Ti-Bois mais n'expliquait pas pourquoi, malgré cela, il faisait l'amour si délicieusement…

Chapitre II

GUSTAVE

De la terrasse du *Tropical*, Port-au-Prince était conforme aux dépliants touristiques des Caraïbes, avec ses faubourgs colorés qui s'étageaient sur les flancs des mornes abrupts, avec la baie scintillant entre les palmiers, les manguiers et les flamboyants. De l'autre côté de la rade, la cathédrale Notre-Dame pointait ses deux tours roses aux clochers arrondis. Image paisible d'une ville vouée aux dieux du soleil et de la mer dont la misère aurait été gommée.

Le quartier de Fontanamara, autour du *Tropical*, était toujours sans électricité. Mais j'étais probablement le seul à le déplorer vraiment, pour la futile raison que je ne pouvais pas me raser.

Levé tôt malgré mes ébats nocturnes, c'est en solitaire que je pris le petit-déjeuner et quittai le *Guest House*, pratiquement désert et encore assoupi, pour descendre sur la ville. Effrayé que j'étais par l'absence apparente de code de conduite des Haïtiens, j'avais momentanément renoncé à louer une voiture. Bardé de dollars américains et de pellicules vierges, coiffé d'un chapeau de cow-boy, je hélai le premier *tap-tap* que j'aperçus aux abords du *Tropical* et à-Dieu-vat!

Le *tap-tap* est le moyen de locomotion le plus populaire de Port-au-Prince. Tous les guides s'accordent là-dessus et pourtant, durant la semaine où je les ai empruntés, je n'y ai jamais croisé de Blancs. Ces petites camionnettes transformées en taxis collectifs sont de véritables œuvres d'art ambulantes. Toute la carrosserie est décorée jusqu'à la surcharge de dessins naïfs où se conjuguent l'inspiration religieuse, le vaudou, le sport, la vie quotidienne et la vie amoureuse. La Bible, que peu de Haïtiens sont pourtant capables de lire, défile ainsi par tranches colorées dans la circulation désordonnée de la capitale. Sous le signe de la Vierge, de Saint Michel, de Moïse, de la Trinité, mais aussi de Lola, de Babou, d'une chanteuse ou d'un sportif en vogue, les *tap-tap* effectuent à longueur de journée les mêmes trajets à travers la ville, s'arrêtant au gré des clients qui montent et descendent où bon leur semble. Les banquettes sont dures et la course au gain fait que les chauffeurs roulent souvent avec des passagers en surnombre. Mais comme les trajets sont rarement très longs, que le prix des courses est dérisoire et que c'est une bonne occasion de côtoyer un peuple bonhomme et souriant, on oublie vite les carences du confort. La formule est incontestablement économique et pratique… à condition de connaître un peu la ville, ce qui n'était pas mon cas en ce premier matin en terre caraïbe.

Je descendis un peu au hasard lorsque j'eus le sentiment que le *tap-tap*, s'éloignant du bord de mer, s'approchait du centre. Je m'étais fixé comme objectif de départ pour ma randonnée la statue de Christophe Colomb en bordure du golfe. Un rendez-vous un peu mythique avec ce grand voyageur égaré dans les Antilles.

Un piéton blanc passe difficilement inaperçu dans les rues de Port-au-Prince. Par principe ou par habitude, le Blanc se déplace en voiture. À pied, j'allais en faire l'expérience, il devient accessible, donc vulnérable. Il devient proie. Ils étaient des dizaines de chasseurs à guetter cet oiseau rare, nanti de dollars, sorti de sa coquille-forteresse métallique, pour lui proposer leurs services en tant que guide, vendeur, acheteur, protecteur, bricoleur, proxénète, que sais-je encore… Dans les rues de Port-au-Prince, la solitude est un art difficile, voire impossible.

Ce matin-là, ils furent immédiatement trois ou quatre jeunes gens à se disputer ma compagnie. Je leur avais simplement demandé de me confirmer que Christophe Colomb trônait bien le long du boulevard où je déambulais. À l'évidence, ils préféraient m'y accompagner, me prévenant de la moindre excavation, du plus petit nid-de-poule, poussant le zèle jusqu'à arrêter les voitures lorsqu'il me fallait traverser la rue. Je n'en demandais pas tant. Je les trouvais collants et agaçants. Ils se disputaient, se chamaillaient en créole, me conseillaient à tour de rôle de me méfier des autres car l'un était menteur, l'autre voleur, le troisième ignorant. À les entendre, j'avais avec moi un cortège de voyous et d'imbéciles. Voyous sans doute, imbéciles, j'en étais beaucoup moins sûr !

– Tu sais, moi, je suis ton ami…

(Tiens, j'avais déjà entendu cet air-là !)

– Avec moi, pas de problèmes. Tu n'as qu'à me dire ce que tu veux !

Sans doute parce qu'il avait plus de bagout que les autres, plus d'entregent et la gueule d'une petite crapule sympathique, je me retrouvai finalement sous les ordres de Gustave. Au fond, je ne crois pas l'avoir choisi délibérément. C'est plutôt lui qui a éliminé les autres en les intimidant. Gustave n'était pas très grand, il était mince sans être maigre et ne tenait pas en place. Il allait torse nu sous un veston cintré qu'il ne boutonnait pas. (Avait-il d'ailleurs encore des boutons ?) Son pantalon de toile claire était surchargé de reprises et ses tennis éculées. Il me montra un vague certificat qui devait stipuler qu'il était habilité à servir de guide. J'y jetai un coup d'œil distrait car je n'y attachais aucune espèce d'importance. Il me parla d'un oncle qui avait été vaguement ministre. La tenue vestimentaire du neveu me permettait d'en douter sérieusement ou alors ce devait être un ministre plutôt déchu. Et puis il me répétait comme un leitmotiv :

– Tu peux me faire confiance. Avec moi, pas de problèmes…

Et c'est vrai que les problèmes se résolvaient. Au pas de course. Car Gustave, dans ce pays où le temps ne comptait pas, où le climat incitait plutôt à l'indolence qu'au boulot, Gustave volait de Colomb à la poste, de la poste à la banque. Ce qui lui permit, tout en me rendant service, d'être parfaitement renseigné sur le capital-dollars que je venais d'échanger contre des gourdes haïtiennes. En fait, je vivais encore dans une sorte de nébuleuse où la méfiance n'existait pas…

J'aurais voulu simplement flâner dans les rues, photographier, filmer à mon aise. Saisir au vol des visages, des regards. Fixer sur la pellicule un peu de l'âme haïtienne. Mais Gustave avait un autre programme.

– Viens par ici, c'est plus court !

Plus court pour aller où ? Je le saurais toujours assez tôt !

Son raccourci passait par le Marché de Fer, un relais obligatoire du touriste un tant soit peu organisé, et plus précisément son aire réservée aux artistes en tous genres : peintres, sculpteurs, graveurs, ferronniers, tresseurs de paille... Ils étaient là des dizaines, sinon des centaines à proposer des toiles naïves aux coloris mordants, des statuettes de manguier ou d'acajou, des peignes immenses, des couverts tarabiscotés, des verroteries de perles multicolores, mille et un objets échappés d'une imagination débridée et conçus parfois avec les matériaux les plus incongrus, comme des boîtes de conserves ou des tessons de bouteilles. Dans cette foule noire, j'avais le redoutable privilège, en cette heure matinale, d'être pratiquement le seul touriste blanc, le seul qu'il soit possible d'arnaquer. Ce fut la curée !

Dans un créole volubile et chatoyant, les vendeurs se disputaient ma présence avec encore plus de vigueur que les garçons tout à l'heure sur le boulevard Truman. J'étais arraché aux uns par les autres pour m'entendre proposer le maître-achat de tout le marché dans un tourbillon de cris et une avalanche de gestes. Dans le tohu-bohu et la touffeur poussiéreuse, je me laissais ballotter des peintres aux sculpteurs, de l'art naïf à l'art kitsch. Au milieu de cette marée, oserais-je dire noire, je me raccrochais à Gustave qui me pilotait lentement mais sûrement vers « ses » artistes. Pour avoir la paix, j'aurais acheté n'importe quoi ! N'importe quoi, ce fut une statuette en pierre vert de gris fort stylisée mais qui ne faisait pas trop art nègre. Pour payer je sortis bêtement de mon sac ma liasse toute neuve de gourdes. Ce fut la catastrophe ! Cette poignée de billets eut le don d'exciter à nouveau la verve des vendeurs. J'avais l'impression fâcheuse d'être le seul os à ronger d'une meute de chiens. Gustave le comprit sans doute, il me saisit par le bras pour me sortir de ce guêpier et me conduire, non pas vers la sortie comme je l'aurais souhaité, mais vers une autre échoppe. Je lui jurai mes grands dieux que je n'avais plus envie d'acheter quoi que ce soit.

– Pas de problèmes ! C'est seulement pour regarder…

Et allons donc !

Le nouvel artiste, ou plutôt son vendeur, un Noir grassouillet tout de rondeurs et d'onctuosités, se cassa en courbettes pour m'accueillir et me fit entrer dans une sorte de cagibi dont toutes les parois étaient couvertes de toiles. Au moins, y étais-je à l'abri des cris et de la surenchère verbale de ses concurrents.

Si la peinture ne me laisse pas indifférent, je ne me sens pas du tout l'âme d'un expert. Les modes, les styles m'importent peu. J'aime ou je n'aime pas : c'est mon seul critère de choix, et il me convient. Je préfère *Le Triomphe de l'Amour* du Caravage aux *Demoiselles d'Avignon* de Picasso. La succulence charnelle de l'un suscite en moi plus d'émotion que les angles aigus de l'autre. J'aime les clairs-obscurs, les couleurs qui se fondent, se noient dans l'ambiguïté, qui laissent au contemplateur le plaisir d'imaginer, de rêver, d'entrer dans l'œuvre. La peinture haïtienne, naïve et minutieuse, aux tons vifs et tranchés, n'était pas faite pour me séduire d'emblée. Aussi la plupart des scènes rustiques et ménagères exposées dans le petit entrepôt me laissaient-elles totalement froid, mais… Et le vendeur saisit sans doute cette étincelle qui dut briller dans mon regard car il mit mieux en évidence une toile aux personnages minuscules éparpillés dans un camaïeu vert.

– C'est une *coumbite* !

Je découvrirais plus tard que la *coumbite* était une sorte de travail collectif où les hommes, mais surtout les femmes et les enfants, étaient volontaires pour effectuer une tâche d'intérêt commun. Pour l'heure la définition de la *coumbite* m'importait peu. Et voilà que le vendeur me montrait une seconde toile du même style dans des tons bleu pastel. J'étais doublement piégé.

– Combien tu m'en donnes ? Fais-moi un prix !

– Vingt dollars !

Mon offre relevait de la provocation et lui arracha presque des larmes. La peinture valait dix fois plus selon lui. Gustave – qui jusque-là s'était contenté d'assister passivement à l'entrevue – entra dans la ronde, me conseillant en français mais s'exprimant en créole avec le marchand, ce qui me laissait un peu perplexe sur le fondement de ses conseils. À les entendre, c'était une très bonne affaire. Destin – c'était le nom du peintre – était très bien coté. En fait, c'étaient surtout mes dollars qui avaient la cote. J'eus envie de le leur dire mais je me tus, me contentant de marquer mon scepticisme par un sourire que je voulais narquois. Le harcèlement continua. Son prix baissa au fur et à mesure que le mien montait. Il faisait chaud, il faisait soif. J'en avais marre de marchander et, maintenant que j'avais mordu à l'hameçon, j'avais de plus en plus envie de cette peinture. À cent dollars, je cédai.

Le plus étonnant, ou le plus idiot, c'est qu'immédiatement après le vendeur me céda la toile aux tons pastel pour vingt dollars, en m'offrant en prime deux statuettes en bois ! Je ne saurai jamais si je fus vraiment berné ou si c'est un remords tardif qui poussa le vendeur à cette subite générosité.

Affaires faites, Gustave semblait enfin résolu à me sortir du Marché de Fer. Mais se promener dans la cohue de Port-au-Prince avec un sac, un appareil photo et deux peintures sur cadre, cela relevait du gag. J'avais rudement besoin de m'arrêter, de reprendre mon souffle, de me désaltérer, de penser calmement à la suite de mon périple. J'implorai donc Gustave de nous trouver un endroit pour nous asseoir, nous reposer et boire un coup.

– Pas de problèmes ! Je connais un bar tout près d'ici. On y va !

Le bar tout près n'était pas si près que ça et, avant de l'atteindre, nous en longeâmes plus d'un qui m'auraient fort bien convenu. Mais Gustave avait jeté son dévolu sur le *Norway Bar* en face du port. Trop content de faire enfin halte, je ne prêtai qu'une attention distraite aux trois dames assises près de l'entrée et commandai immédiatement deux bières.

Quand une des filles vint s'asseoir à notre table, je compris que je n'étais pas dans un simple estaminet. La fille, une Dominicaine comme bon nombre de prostituées à Port-au-Prince, se laissa bien entendu offrir une bière et me manifesta aussitôt une sollicitude qui m'amusait et m'agaçait tout à la fois. Gustave, soucieux de mon bien-être et ignorant mes préférences sexuelles, souligna au cas où je n'aurais pas compris l'évidence des gestes :

– Si tu veux faire l'amour, elle est d'accord. Ici, c'est OK ; tu verras, pas de problèmes !

Je regardai ma montre.

– Il n'est même pas dix heures du matin ! Tu ne trouves pas que c'est un peu tôt, non ?

Si la pute avait été un joli garçon, j'aurais peut-être trouvé l'heure à ma convenance. La bière était fraîche, la Dominicaine était douce. D'une main elle me pelotait la poitrine par l'échancrure de ma chemise et glissait l'autre main sous la ceinture de mon pantalon.

– Merci. Tu es très gentille, mais je n'ai pas envie maintenant !

Gustave était sorti avec mes deux toiles pour les faire démonter afin de pouvoir les rouler et les transporter plus aisément. J'étais maintenant seul avec les trois putains, les deux autres s'étant rapprochées de nous. L'une d'elles avait une robe rouge vif trop courte tendue sur un ventre gonflé, annonciateur d'une naissance toute proche, ce qui, dans son cas et sous cette latitude, serait source de gros problèmes. Une bouche en plus à nourrir et des clients en moins pendant quelques jours... C'est ce qu'elle essayait de me faire comprendre d'une voix aiguë en me montrant son ventre. La troisième renchérit :

– Elle va avoir un *baby*. Elle a besoin d'argent pour l'hôpital, le docteur...

Sans doute aurait-il été de bon ton de verser une larme et un écot pour les putains enceintes du Tiers-

Monde. Je choisis de me réfugier lâchement dans le silence. Je me voyais mal secourir toutes les Dominicaines engrossées de Port-au-Prince. Devant le malheur du monde, l'apitoiement et la générosité ne suffiraient pas. Cette ville, que je découvrais à peine, suintait la misère. J'en étais douloureusement conscient, mais quoi qu'il m'en coûte, je savais que si je cédais à la pitié, il ne me resterait plus qu'à faire demi-tour sans délai. Il fallait jouer l'indifférence et le cynisme amer contre la compassion. J'écoutai donc les doléances de ces dames en silence, les yeux plongés dans ma bière. À mes côtés, la Dominicaine tenta une ultime approche de ma braguette. Gustave était de retour avec les toiles.

– Tu ne veux vraiment pas ?

– Pas maintenant, non !

Il avait accaparé mon chapeau, un chapeau de style western qui lui seyait à ravir et renforçait son côté macho. Ah ! s'il avait eu mes dollars, il y a longtemps que la Dominicaine aurait été culbutée dans un coin du bordel !

Le prix des bières, exorbitant, me resta en travers du gosier. Je n'étais pas Rotschild, hélas ! et je le fis savoir à Gustave.

– Pas de problèmes ! La prochaine fois nous irons où c'est moins cher !

Gustave régnait désormais en maître absolu sur mes allées et venues. Mi-dupe, mi-consentant, j'acceptai de le suivre, de confier à sa hasardeuse diligence le soin de découvrir Port-au-Prince. La ville n'a pas de bâtiments ou de monuments particulièrement attrayants et je n'étais pas venu spécialement pour voir les musées.

En *tap-tap* nous repartîmes au sud de la ville, à Bizoton, le point d'attache de Gustave. Nous quittâmes la grand-route encombrée de marchandes d'épices, de légumes, de fruits, de quincailleries en tous genres et, au bout d'un dédale de ruelles entrecoupées de fossés où stagnait une eau croupie, Gustave me montra fièrement « le » monument de son quartier : une stèle érigée à la mémoire du Français Jean-Baptiste Mirambeau, inspecteur en chef du service de santé de la jeune république d'Haïti. La stèle ne lésinait pas sur ses qualités : bon père, tendre époux, ami sûr et fidèle, modèle de toutes les vertus, savant, généreux... Ce dithyrambe ne m'émouvait guère, mais pour faire plaisir à Gustave qui en semblait tellement fier, je photographiai la stèle. Dans le village, tout le monde avait l'air de connaître mon guide. Chacun l'interpellait. Il allait de l'un à l'autre. Je suppose que dans son créole il devait répéter sans cesse : « Pas de problèmes, je m'en occupe ! Pas de problèmes, ce sera fait comme tu veux ! Pas de problèmes ! »

Je ne savais pas trop si Gustave voulait me montrer Bizoton ou s'il voulait me montrer aux gens de Bizoton. Peu m'importait ! Enfin je flânais ! C'était un quartier pauvre. Pas vraiment un bidonville. Il y faisait très aéré, très ombragé et nous étions en bordure de mer. Un petit cours d'eau zigzaguait entre les *cailles* de planches, de blocs et de tôles. Deux fillettes et deux garçonnets s'y ébattaient dans un méandre évasé mais peu profond. À mon approche, les gamines se couchèrent pudiquement dans l'eau, ne livrant que leurs têtes aux tresses compliquées à ma caméra alors que les gamins, sexe au vent, se trémoussaient et cabriolaient dans de grandes gerbes liquides. Non loin de là, une fontaine creusée dans le sol du terrain vague qui bordait la baie rassemblait quelques adolescents. Deux jeunes filles, de l'eau jusqu'à la taille, y achevaient leur toilette et leur lessive. Une fillette, à la robe verte décousue qui lui découvrait le dos des épaules aux fesses, portait précautionneusement sur la tête une boîte de fer-blanc qu'elle remplirait d'eau. Un jeune garçon, superbe et nu, qui tournait autour de la fontaine, y sauta de manière impromptue, arrachant aux jeunes filles des cris effarouchés. Il en ressortit aussitôt tout dégoulinant de sensualité.

Gustave me conduisit chez lui. C'était un réduit fort sombre, aux murs de parpaings mal cimentés, au toit de tôle ondulée. Les quelques mètres carrés étaient répartis en deux pièces. Une cuisine dont le seul luxe était une vieille machine à coudre Singer. Un portrait du président Jean-Claude Duvalier y voisinait avec une image de Notre-Dame de la Merci, fort vénérée dans l'île. Une radio crachotait un peu de *méringue*. Gustave passa dans l'autre pièce pour se changer. Il enfila un pantalon moins reprisé et remplaça le veston par une chemise beige. Il semblait avoir compris que je n'étais pas pressé et que, même si Bizoton ne figurait pas dans les guides touristiques, l'endroit ne me laissait pas indifférent. Non pas que j'éprouve un plaisir quelconque à contempler la misère des autres bien abrité derrière mon salaire garanti, ma sécurité sociale et mes droits acquis. Certainement pas. Mais je voulais connaître Haïti autrement qu'à travers les guides et les cartes postales. J'aurais voulu mieux approcher la vérité quotidienne, la palper, m'en imprégner. Et il y avait, derrière les portes entrebâillées de Bizoton, des regards plus chargés de vérité que les meilleures statistiques. Pourrais-je oublier la vieille édentée, à la peau fripée, aux seins chiffonnés, aux doigts maigres tendus vers l'espérance d'un cent ? Et les bébés vautrés dans la poussière ocre des cours, le visage mangé de mouches, le ventre ballonné et le nombril proéminent ? Et les adolescents en jeans et tee-shirts, dont l'avenir immédiat se résumait à trouver le dollar qui assouvirait leur faim à défaut de leurs rêves ? Ces rêves qu'ils avaient échafaudés le jour où ils avaient débarqué de leur province et qui se délitaient dans la mélasse des bidonvilles. Pour beaucoup d'entre eux Port-au-Prince n'était qu'un catalogue d'illusions perdues. Certes les statistiques catastrophiques ne tenaient pas compte de l'économie souterraine qui permettait à des milliers d'Haïtiens de survivre mieux dans la réalité que dans les chiffres. Mais c'était une réalité très précaire, à la merci du moindre incident, de la moindre saute d'humeur du dollar. Ainsi, j'allais m'en rendre compte assez vite, même la prostitution était en crise. D'un côté, la surabondance de filles et de garçons prêts à user de leur corps pour assurer leur pitance. De l'autre, le sida, dont les premières rumeurs redoutables et sinistres avaient chassé les clients américains vers d'autres cieux, alors que les autres clients potentiels étaient ou bien rarissimes, ou bien pauvres eux aussi. Il avait suffi de quelques rumeurs dans la presse new-yorkaise et des restrictions monétaires à Paris pour que les hôtels restent vides. Et ils étaient des milliers à attendre dans la touffeur de Port-au-Prince. Disponibles. Pour toutes les aventures et sans doute pour toutes les révolutions. La faim ne justifie-t-elle pas tous les moyens ?

Vers midi, Gustave m'emmena dans un restaurant tout proche. En fait un bordel. Comme il s'agissait uniquement d'y déjeuner et que le prix des boissons était raisonnable, je ne protestai pas, même quand Gustave me suggéra :

– Tu sais, si tu veux, la fille près du bar…

Comme dessert, à moins que ce ne fût pour me faire sentir l'ampleur du phénomène de la prostitution à Haïti, Gustave me fit encore « visiter » deux autres bars où nous ne consommâmes ni bières ni femmes malgré les épanchements très – trop – provocants de quelques pensionnaires, dont certaines, sans âge, outrageusement fardées, et dont les gestes obscènes accompagnaient des paroles que j'avais sans doute de la chance de ne pas comprendre.

L'après-midi, nous revînmes dans les sentiers battus du tourisme traditionnel. Encore que, face au superbe Palais présidentiel, d'autant plus superbe que sa blancheur tranchait sur un ciel noir, lourd d'un nouvel orage, alors que nous longions un bâtiment jaune, je fus surpris par d'étranges bruits. Je m'arrêtai, intrigué, sous une fenêtre à barreaux. C'était comme un long cri de douleur, une plainte entrecoupée de claquements brefs, de coups plus sourds et mats. Gustave s'était éloigné. Je l'appelai :

– C'est quoi, ce bâtiment ?

– La Maison Blanche. Le Palais du Président.

– Non. Celui que nous longeons…

Il s'éloigna encore de quelques mètres, comme s'il avait peur, avant de répondre :

– C'est la Sécurité Nationale…

Il n'avait pas l'air très rassuré, et l'endroit ne me semblait pas très sain. Il était sans doute encore plus malsain pour celui ou celle qu'on torturait à deux pas de la grand-place, en face du palais dictatorial. Comme pour la pute enceinte du *Norway Bar*, je ne pouvais guère qu'enregistrer le drame.

À quelques dizaines de mètres de là, le *Nègre Marron*, délivré des chaînes de l'esclavage, cornait la révolte des Noirs dans un lambi, cet énorme coquillage rose des mers chaudes. Symbole des libertés et de l'indépendance haïtiennes, cette statue avait été érigée par les Duvalier. Étonnant régime où le vice rendait ainsi hommage à la vertu. Mais ce n'était là qu'un paradoxe parmi ceux que cultivait le pouvoir. Ainsi cette indéniable dictature ne s'appuyait-elle pas sur une armée puissante comme dans la plupart des pays du Tiers-Monde. Et puis, l'histoire du duvaliérisme ne résistait pas longtemps aux clichés simplistes qui avaient trop souvent cours en Europe.

François Duvalier, Papa Doc, était arrivé au pouvoir en 1957, à la suite d'élections régulières et non d'un coup d'état. Il avait accédé à la présidence contre le gré de la bourgeoisie locale, essentiellement mulâtre, contre le gré de l'Église catholique et contre celui des Américains. C'était presque Cuba avant la lettre. Son élection, Duvalier la devait au petit peuple des villes, aux paysans, lassés d'être menés et exploités par la minorité mulâtre qui avait toujours détenu les leviers de commande de l'État haïtien, y compris dans l'armée. Pour se protéger, le régime, qui ne pouvait se fier aux colonels, créa une milice populaire : les célèbres

Tontons-Macoutes. Duvalier, le médecin des pauvres et des petits, s'il avait été efficace pour lutter contre le pian, n'était probablement pas le meilleur économiste des Antilles. Avec l'opposition de la bourgeoisie et des Américains, qui envisagèrent un débarquement sur l'île en 1963, l'économie partit à vau-l'eau. Pour faire face, le régime se crispa, se durcit, s'en prit de plus en plus brutalement à la bourgeoisie, qui choisit l'exil, accentuant du même coup l'isolement et la paupérisation de l'île. Le cercle infernal était en place. Le rêve de Duvalier de faire accéder le petit peuple au bien-être resterait un rêve. Jean-Claude, alias Baby-Doc, à qui personne ne prédisait un avenir politique durable et dont le portrait bouffi trônait partout dans la ville, avait pris le parti de se réconcilier avec la bourgeoisie. Il en avait épousé une représentante. Erreur sans doute fatale qui devait un jour pousser un nouveau *Nègre Marron* à souffler dans le lambi de la révolte. C'est avec une amertume empreinte de colère rentrée qu'un garçon des bidonvilles m'avoua :

– Jean-Claude n'est plus des nôtres depuis qu'il a marié une bourgeoise !

La dictature, les morts, la torture, les crimes... Personne n'y faisait allusion. Il est vrai que, lorsqu'on parcourait l'histoire d'Haïti, il fallait se rendre à l'évidence : cette île n'était qu'une éponge imbibée de sang. D'ailleurs, avant de s'appeler Port-au-Prince, la capitale ne s'appelait-elle pas Port-au-crime ?

Non loin du Palais, la cathédrale cardinale blanche et saint-sulpicienne dégoulinait de fadeur mièvre. Contraste d'autant plus violent que les marches du parvis étaient encombrées de cohortes de femmes et de mendiants qui imploraient bruyamment Dieu, la Vierge et ses Saints, mais qui préféraient quand même tendre leurs sébiles vers les passants.

Après la cathédrale Notre-Dame, Gustave estima probablement que ma fringale de culture devait être satisfaite. Nous redescendîmes vers le port en flânant – très relativement – sous les arcades des magasins. Les vitrines étaient rares. C'étaient souvent de grandes portes dont les battants étaient larges ouverts sur des monceaux de cotonnades bariolées, des sacs d'épices odorantes, des caisses de quincaillerie. Le trottoir était encombré par des étals, par les petits cireurs de chaussures, les vendeurs de boissons sirupeuses, de billets de loterie, de cigarettes, de bibelots, de cartes postales, de chewing-gum. Tout un bric-à-brac vieillot qui obligeait à de fréquents détours sur la rue.

Au *Rond-Point*, un restaurant qui n'avait apparemment rien d'un lupanar, je pus dans le calme et le confort siroter un excellent rhum-punch à la glace pilée. Ensuite, prétextant un problème à régler toutes affaires cessantes, Gustave me demanda si cela m'ennuyait de retourner à Bizoton. Cela ne m'ennuyait pas. Nous reprîmes donc un *tap-tap* en direction des bordels de Carrefour et de Bizoton.

Il faut croire qu'en cours de route « le problème » cessa d'être urgent car, à peine débarqués, nous reprîmes notre pèlerinage auprès des sœurs d'amour dominicaines.

L'après-midi s'étirait. L'orage qui rôdait tout à l'heure semblait laisser un peu de répit à la baie. Dans un premier bar nous nous contentâmes d'écluser une bière en compagnie d'un couple de Dominicaines aux mains baladeuses. Je me demandais si je n'aurais pas dû prévenir Gustave de mes préférences particulières. Je parie qu'il m'aurait répondu : « Pas de problèmes ! Je connais un garçon qui suce formidablement bien les mecs ! Viens, c'est tout près d'ici… » Mais après tout pourquoi l'aurais-je fait ? N'étais-je pas assuré de trouver au *Tropical* des fruits à la mesure de mon appétit ? Je laissai donc Gustave jalonner mon itinéraire d'un nouveau bar.

Était-ce le temps orageux ou les nouvelles bières dont j'avais cessé de discuter les prix redescendus à des limites raisonnables ? Toujours est-il que Gustave piaffait de plus en plus. À force de tourner en rond dans des parcs à filles pour mon plaisir, c'est lui qui était entré en rut. Et comme ici le bénévolat n'était pas évident :

– Tu n'as pas vingt-cinq dollars ?

J'hésitai entre la goguenardise et la fausse surprise.

– Pour faire quoi ?

Il lampa un grand coup de bière, essuya sa bouche et son front perlé de sueur.

– Business !

Il y a business et business. Mais ici, à Carrefour et Bizoton, le business est aux mains des Dominicaines. Je m'entendis lui proposer :

– On pourrait en prendre une pour nous deux !

Rire carnassier de Gustave. Doute lubrique dans le regard. Il a vidé sa chopine.

– C'est sérieux ?

– Avec moi, pas de problèmes ! Ça dépend de toi !

Je n'avais pas résisté au plaisir de le plagier, mais je ne suis pas sûr qu'il s'en soit rendu compte. Il était déjà debout, la bière exsudant par tous les pores de sa peau. Il cria un nom.

Nous étions dans une vaste arrière-cour ombragée. Les filles, une douzaine, étaient assises par groupes de deux ou trois. Faute de « pratiquants », elles bavardaient, tricotaient ou simplement fumaient.

– Tu la veux comment, la fille?

– Choisis toi-même! Je te fais confiance!

Ce n'est pas que le choix me laissait indifférent. En amour, je pratique peu les femmes. Assez toutefois pour leur préférer les garçons. Comme dit le proverbe arabe: « Les femmes pour la santé, les garçons pour le plaisir! » Je me voyais mal faire le tour des putains, comparer les nichons, les fessiers, les regards. Pas plus que pour les garçons je n'éprouvais de goût pour le sexshopping. Je préférais laisser le hasard, l'imprévu – les chrétiens diraient: la providence – pourvoir à mon plaisir. Je laissai donc à Gustave la maîtrise du choix divin, me fiant davantage à son air canaille qu'à mon flair pour débusquer la femme du moment.

Son choix ne se porta pas sur une Dominicaine mais sur une Noire. Elle s'appelait Myriam, portait une jupette de cuir noir, et, à même la peau, un ample pull rose à larges mailles qui laissaient entrevoir la rondeur de ses seins.

– Asseyez-vous! Vous voulez une bière?

Ah! les délices d'une bonne éducation qui me faisait vouvoyer une fille que j'allais sauter dans l'heure! Elle acquiesça d'un hochement de tête. Elle croisait et décroisait les jambes, découvrant à chaque fois un peu plus ses cuisses, qu'elle avait musclées sans être grosses.

D'un minuscule sac à main en perles blanches, elle sortit un paquet de cigarettes américaines.

– Non merci ! Mais vous pouvez fumer, ça ne me dérange absolument pas !

Gustave avait moins de scrupules et profita de l'aubaine pour piocher dans le paquet. Il s'inquiéta aussi de savoir si la marchandise me convenait.

– Comment tu la trouves ?

– Pas mal.

– Tu verras, c'est une super gonzesse ! Elle est très chaude !

Gustave au moins avait le vocabulaire approprié à l'endroit.

Myriam était peut-être chaude. On verrait. Pour l'heure, elle restait discrète et je lui en savais gré. Je voulais bien forniquer. Même avec une fille. L'ostracisme homosexuel à l'égard des filles est aussi débile que l'ostracisme hétérosexuel à l'égard des pédés. Je voulais bien forniquer. Mais pas sur la place publique. J'aime le charme désuet des alcôves secrètes. Le péché est meilleur quand il a un parfum de fruit défendu. Consommé sur la place publique, il devient fade.

– On y va !

Décidément Gustave menait tout au trot. Nous laissâmes nos chopes vides. Myriam ouvrit la marche et nous conduisit au fond de la cour vers ce qui ressemblait à une sorte de clapier géant : un bungalow en planches, à un étage, composé d'une douzaine de boxes cubiques, les « chambres d'amour ».

Myriam avait la clé du six. La porte grinça. Nous entrâmes. La cloison, au-dessus du lit, était égayée d'un poster de circonstance : une voluptueuse Blanche qui avait à peine assez de ses deux mains pour soutenir sa volumineuse poitrine. De l'autre côté de la pièce, il y avait un vieux fauteuil de velours vert râpé, une petite table surmontée d'un miroir moucheté. Une cuvette de porcelaine blanche et un cruchon d'eau en plastique jaune complétaient le matériel. Le lit, un simple lit de fer, était encore ouvert, les draps fripés n'avaient pas été changés et étaient maculés d'auréoles jaunâtres. La chambrette était éclairée par une étroite fenêtre qui courait tout le long du mur, en haut, en face de la porte.

La chambre verrouillée, Myriam demanda :

– Avec qui je commence ?

Nous n'allions quand même pas tirer à la courte paille ou la jouer à la courte queue !

– Vas-y ! C'est toi qui paies : c'est d'abord ton tour !

Avec une indolence calculée, en roulant sa langue autour de ses lèvres, Myriam enleva son léger tricot, libérant son buste et les deux petits seins ronds et fermes, au galbe parfait, qu'elle me mit d'autorité dans les mains. À travers la peau, je pouvais sentir battre son cœur. J'avais les mains pleines et l'impression cocasse de procéder à mon dépucelage avec Gustave comme juge et témoin. La fille approcha ses lèvres de ma bouche, le contact de sa langue mouillée m'arracha un frisson. Je détournai le visage et, pour ne pas marquer ma répulsion ni perdre contenance, je me mis à lui lécher les seins, mes mains glissant sur ses reins. Un déclic de boutons-pression, et sa jupette s'épanouit à nos pieds. Elle ne portait plus qu'un minuscule string, indécent de blancheur, et qui laissait déborder une toison crépue. Elle s'affaissa sur le lit, jambes repliées et écartées, la langue à fleur de lèvres, les seins cambrés. La chambre avait beau être sordide, elle resplendissait de la féminité animale de Myriam. Lumière noire sur les draps blancs, il émanait d'elle une telle sensualité que je n'aurais pu rester de bois. Sans lâcher des yeux son minuscule slip blanc qui soulignait avec une insolente impudeur sa nudité, sa « femellité », je me mis à poil. Mon érection déjà flamboyante arracha un sifflement à Gustave.

– Tu vas voir, elle est super ! Pas de problèmes !

Je m'agenouillai à ses pieds. Lentement, mes lèvres remontèrent du pied au genou, du genou au ventre. À travers le nylon du slip, je mordillai sa toison, lui arrachant quelques gloussements. Elle était jeune, je la trouvais belle. Il n'y avait plus de lit crasseux, de sperme séché, de chambre minable. Il y avait mon corps et le sien. Et mon corps cherchait le sien pour l'épouser. Elle avait encore la souplesse et la fluidité de l'adolescence, un côté garçonnier qui me séduisait. Plutôt que de la prendre immédiatement, je m'allongeai sur les draps douteux, laissant libre cours à la fantaisie érotique de Myriam. Elle avait compris que j'accepterais toutes ses caresses hormis les baisers sur la bouche. Ses lèvres mouillées me parcoururent le corps, m'arrachant des spasmes de plaisir qui n'avaient rien de feint. Lorsqu'elle comprit que ma jouissance était proche, elle se laissa choir à mes côtés en enlevant son cache-sexe. Je m'enfouis aussitôt en elle, libérant mon plaisir en quelques coups de reins. Ventre à ventre je continuais à caresser et embrasser ses jeunes seins. J'aimais leur odeur poivrée, malgré l'abondant parfum de bazar dont elle s'était inondée. Nous restâmes enlacés un peu. Pas trop. Je n'aime pas me sentir étouffé dans les bras du partenaire après l'amour. Nous nous désenlaçâmes comme nous nous étions enlacés : en silence.

C'était le tour de Gustave. Le voyeur qui sommeillait en moi allait être déçu. Pendant que je rassemblais mes vêtements épars sur le plancher du box d'amour, Gustave, qui s'était tout juste débraguetté, éperonnait déjà Myriam. Pas de cajoleries, pas de caresses, pas de préliminaires, pas de longue étreinte voluptueuse. Quelques coups de reins secs, et il dégorgea son sperme dans une sorte de feulement. Je ne sais comment mon accouplement avec Myriam dans cette chambre minable pouvait apparaître au témoin Gustave. Le sien, en tout cas, limité dans sa brutalité animale, relevait presque du viol. Avant de se reboutonner il secoua son sexe au-dessus du ventre de Myriam ; quelques gouttelettes de sperme en tombèrent encore et perlèrent la toison de la fille. Je revis alors le ventre rond de la putain du *Norway Bar*. Quel sperme fertiliserait le ventre de Myriam ? Le mien, celui de Gustave, d'un marin américain esseulé, d'un mulâtre opulent ou d'un Noir décharné ? Quel chaud lapin pourrait revendiquer un jour la paternité des enfants conçus dans ce clapier ?

Gustave remercia Myriam d'une claque sonore sur la cuisse, récupéra mon chapeau qu'il avait fait sien depuis le matin.

– On s'en va ! Donne-moi les quarante dollars. Je vais la payer !

Les billets verts changèrent de mains, Gustave en empocha quelques-uns au passage. Quand nous sortîmes du box, Myriam, toujours nue, couchée au milieu du lit miteux, esquissa un geste d'adieu et me cria :

– N'oublie pas. Si tu reviens : je m'appelle Myriam !

Et Gustave ajouta *mezza voce* :

– Tu dis que tu viens de ma part, elle te fera un meilleur prix !

Je commençais à me demander sérieusement s'il n'était pas un peu maquereau.

Dehors le temps n'était plus à la douceur insouciante. La baie se préparait à subir les assauts de l'orage revenu à la charge. L'air moite était balayé de grands coups de vent chaud. Le ciel, au-dessus des mornes, noircissait à vue d'œil.

N'ayant sans doute plus de bordel à me proposer, Gustave daigna me laisser reprendre l'initiative. Les bières, le sexe, l'orage, la chaleur, c'était là un cocktail fatigant, aussi je rentrai au *Tropical*, d'ailleurs assez proche, après avoir convenu avec Gustave de dîner ensemble ce soir.

Le bar du *Tropical* était déjà achalandé de quelques mâles. J'ignorai leurs sourires, leurs invites et rejoignis immédiatement ma chambre que je pris la précaution de fermer. J'aurais bien voulu me raser mais il n'y avait toujours pas d'électricité. Cela commençait à bien faire. Je me rafraîchis d'une douche bien froide et m'effondrai sur le lit où je m'endormis presque aussitôt.

Des coups répétés à la porte me réveillèrent. Il faisait complètement noir et l'orage grondait encore. Je n'avais aucune idée de l'heure qu'il pouvait être.

– Qui est là ? Qu'y a-t-il ?

– Monsieur ! Il y a deux jeunes gens qui vous demandent. Ils disent que vous avez rendez-vous avec eux pour aller à Carrefour...

Je reconnaissais le parler traînant de Charlie et me souvins du dîner avec Gustave. Je ne m'inquiétai pas trop du second et éventuel convive.

– Oui. C'est vrai. J'arrive dans quelques minutes. Dites-leur de patienter !

À travers la porte close et malgré la pluie incessante, Charlie crut bon d'ajouter :

– Soyez prudent si vous allez à Carrefour. Ne prenez pas des objets de valeur avec vous ! Je vous en prie, Monsieur, faites attention !

On ne pouvait pas dire que Charlie m'encourageait à sortir. Dans l'obscurité j'eus quelque peine à récupérer un pantalon, une chemise et des chaussettes. Je me munis d'un minimum de gourdes et redescendis au bar. Comme la veille, à mon arrivée, seule une bougie l'éclairait. Gustave et son copain étaient assis sur les hauts tabourets du comptoir, et c'est vrai que Gustave, coiffé de mon chapeau de cow-boy, avait l'air plus marlou que jamais.

Nous sortîmes sous la pluie et eûmes la chance de trouver immédiatement un *tap-tap* qui nous débarqua, faut-il le préciser, dans un bordel-restaurant. Les quelques pensionnaires, fort désœuvrées en cette saison où Américains et Français boudaient l'île, tournaient sans arrêt autour de notre table. Nous étions les seuls clients. Gustave s'enflamma à nouveau. Après le potage, il nous quitta avec une jeune Dominicaine. J'interrogeai le copain de Gustave, un garçon malingre dont le silence et la discrétion contrastaient avec la verve de mon guide.

– Il est toujours comme ça ?

– Gustave ? Ah ! Gustave !

C'était tout dire. Le jeune étalon noir revint au bout de quelques minutes avec la fille. Elle réajustait sa petite robe verte, il rebouclait la ceinture de son pantalon. Son visage rayonnant était explicite. Il crut bon d'ajouter :

– Business !

L'avait-il prise debout, derrière un flamboyant, dans l'encoignure d'une porte ? L'avait-il basculée entre deux piles de linge sale ? Avait-elle eu le temps de sentir autre chose qu'une écharde de chair lui percer le ventre ?

Gustave lui offrit de terminer sa bière pendant qu'il entamait l'aile du poulet au riz *djon-djon* qu'entretemps on nous avait servi.

Cet appétit de vivre avait quelque chose d'excitant et de désespérant. Excitante, cette volonté de presser le présent jusqu'à la dernière goutte de sperme, cette ardeur sans cesse renouvelée. Désespérante, cette lancinante interrogation qui planait sur le lendemain, cette incertitude perpétuelle. Aujourd'hui mes dollars lui avaient permis de faire ripaille, de trousser des filles, de boire et de fumer à satiété. Mais demain ? Il reviendrait vite, le temps des bouillies de fèves et de haricots, de la faim tapie au creux du ventre, des jours sans pain, des jours sans filles, des jours sans fin. Malgré les apparences je n'étais pas le prince couvert d'argent qu'il croyait avoir déniché. L'aurais-je été, il est fort probable que ce n'est pas avec Gustave que je me serais encanaillé pour dépenser mon trop-plein de fortune. Il y avait dans les Antilles des lupanars autrement luxueux que les bordels miteux de Carrefour. Gustave n'arrêtait pas de parler, d'échafauder des plans. Il me proposait de changer d'hôtel. Le *Tropical*, disait-il, était beaucoup trop cher. Il y avait à Carrefour des hôtels meilleur marché. J'imaginais lesquels. Il se proposa de me louer une voiture et de la conduire. Il fut déçu lorsque je refusai de le suivre à nouveau dans les ruelles sombres de Bizoton. Mais, comme nous avions pris rendez-vous pour le lendemain, sa déception ne fut que passagère.

Pourtant, une rapide évaluation de ce que m'avait coûté ma première journée avec Gustave ne me laissait pas le choix : il fallait me débarrasser de lui au plus tôt, sinon, dans trois ou quatre jours, il ne me resterait plus qu'à rentrer en Europe, le porte-monnaie complètement lessivé…

Chapitre III

LOUIS

Heureux augure ! L'électricité avait fait sa réapparition. J'allais enfin pouvoir retrouver un peu de fraîcheur. Je suis loin d'être un maniaque de l'hygiène, mais ma barbe à la Gainsbourg commençait à m'irriter. Tout le monde ne peut pas avoir le look d'un clochard chic !

Après le petit-déjeuner – toasts mal grillés, café, beurre de cacahuète et marmelade – Jean Ti-Bois vint me rejoindre dans la chambre alors que j'y mettais un peu d'ordre avant de retrouver Gustave pour descendre en ville.

– Que fais-tu aujourd'hui ?

– Je vais dans un orphelinat. J'ai des amis belges qui ont adopté un petit Haïtien... Ils m'ont demandé de passer par son orphelinat...

– Tu as d'autres projets ?

– Je ne sais pas. Je verrai combien de temps je resterai à l'orphelinat. Je ne saurais vraiment pas dire...

Jean feuilletait distraitement les magazines achetés à Paris et que j'avais à peine parcourus dans l'avion. Images luxueuses sur papier glacé d'un monde riche et jouisseur aux antipodes des ruelles de Port-au-Prince.

– Tu les veux ?

– Tu n'en as plus besoin ?

– Oh non ! C'était juste pour tuer le temps dans l'avion…

– Combien de temps tu es resté dans l'avion ?

Questions brèves, réponses brèves. Jean était toujours aussi timide sous son air de chien fidèle un peu triste. De banalité en banalité, il en arriva tout de même au but de sa visite si matinale.

– Tu n'as pas huit dollars ?

La précision me surprit. Dix dollars ou vingt, passe encore. Ce sont des chiffres ronds, des coupures qui existent. Mais huit ? Je n'avais que des coupures de vingt dollars et je ne me faisais aucune illusion sur la capacité de Jean à me rendre la monnaie autrement qu'en caresses et baisers.

J'ai dit la douceur, la tendresse exquise de ses étreintes. Mais, pour ne pas en faire le prostitué qu'il ne voulait pas être, je répugnais à en abuser. Comme quoi on peut faire la nique à la morale et éprouver des scrupules on ne peut plus moraux. Comme il me voyait hésiter, Jean précisa :

– Je connais quelqu'un qui va à Miami cette semaine et je voudrais qu'il m'en rapporte des nouvelles tennis. Il ne me manque plus que huit dollars.

Comme je n'avais pas la moindre idée du coût d'une paire de pantoufles à Miami, je voulais bien avaler la couleuvre. D'autant plus qu'il m'importait peu que Jean s'achète ou non des tennis à Miami ou ailleurs. Mais je n'avais pas les huit dollars. Je lui proposai donc un marché que les bonnes âmes trouveront sans doute ignoble, mais qui, pour l'immédiat, nous arrangerait tous les deux.

– Écoute Jean : je te donne vingt dollars au lieu de huit. Avec ce que tu as en trop, tu t'arranges pour me trouver un garçon pour ce soir. Ça te va ?

Ma proposition le laissa quelque peu interloqué, mais il prit mes dollars et disparut sans rien dire d'autre que merci.

J'ai dit que mon séjour dans l'île n'avait rien de philanthropique. Mais, tout comme je n'avais pas refusé de convoler avec Myriam en d'éphémères noces malgré mes penchants contraires, j'avais accepté pour faire plaisir à des amis belges de passer quelques heures à l'Œuvre Saint Michel, laquelle s'occupait plus particulièrement de placer des enfants adoptables dans des familles américaines ou européennes et de les arracher ainsi à la misère haïtienne. Œuvre louable dont la maison-mère était située dans un quartier aéré des hauteurs de la capitale.

Un taxi nous y déposa, Gustave et moi. Car Gustave m'avait rejoint, espérant sans doute renouer avec les ripailles de la veille. Mais n'entre pas qui veut à l'Œuvre Saint Michel, et Gustave fut poliment mais fermement prié de m'attendre à l'extérieur. Comme j'étais tout à fait incapable de lui dire à quelle heure ma visite serait terminée, je n'espérais qu'une chose : qu'il s'en aille, las d'attendre ma sortie. Ce qui me dispenserait de me défaire de lui.

Au parloir, Sœur Véronique, la directrice, achevait de manière assez rêche un entretien avec un candidat-éducateur. À certaines allusions, à certaines réticences, elle avait suspecté le jeune homme de n'être pas inféodé au même catholicisme qu'elle.

– Mais vous êtes protestant ?

Aveux gênés.

– Oui, ma sœur ! Mais je vous assure que je peux très bien m'occuper des enfants. Je demande simplement de pouvoir continuer à chanter à la chorale tous les mardis…

– Ce n'est pas possible…

– Mais pourquoi ?

– Très vite, nous nous opposerons sur certaines conceptions fondamentales de l'éducation. Je ne peux pas prendre ce risque !

Elle se leva, lui tendit la main.

– Au revoir, Monsieur !

Elle se tourna vers moi, ignorant déjà son protestant qui n'eut plus qu'à sortir tout penaud. Dieu merci, j'étais catholique et je n'étais pas venu pour développer mes conceptions en matière d'éducation.

Sœur Véronique n'était pas très grande. Toute vêtue de blanc, elle avait quelques gouttes de sang noir dans beaucoup de sang normand ce qui lui donnait un teint plutôt bistre. Lorsqu'elle apprit que je venais de Belgique, que j'étais porteur d'un message d'une association de soutien de l'Œuvre Saint Michel, son austérité s'éclaira d'un sourire et elle m'ouvrit toutes grandes les portes de l'orphelinat. Femme à poigne, elle régentait son personnel sans beaucoup de complaisance. À une jeune fille qui paressait sur une chaise dans une pose quelque peu indolente, les bras croisés derrière la nuque, elle ordonna :

– Baissez les bras ! Voulez-vous baisser les bras ! Et baissez les yeux quand je vous parle !

Vous avouerais-je que pendant un instant je pensai à Duvalier.

En me pilotant des dortoirs aux cuisines, de la buanderie aux classes, de l'infirmerie au jardin, elle s'enquérait de la santé d'un nourrisson, des réserves de lait en poudre, du nettoyage des draps, de l'heure d'arrivée du docteur…

Ma « mission », si l'on peut dire, consistait simplement à voir et éventuellement à photographier les différentes activités de l'Œuvre Saint Michel, de manière à ce que les Belges puissent apprécier objectivement ce que l'on faisait réellement de leurs dons. Non pas que la méfiance soit de mise, mais l'information circulait apparemment mal entre les Antilles et la Belgique.

– Vous comprenez, Monsieur, expliquait Sœur Véronique, je dois m'occuper de tout. Nous avons tellement de travail et si peu de moyens. Je n'ai pas le temps d'écrire. Mais dites bien à nos amis que nous manquons de l'essentiel, qu'ici la vie est très chère, que nous avons plus que jamais besoin de leur aide…

Nous prîmes le repas de midi chez la mère de la religieuse, une dame presque nonagénaire, aux fins cheveux blancs, au long cou décharné, à la figure émaciée, altière, et qui trônait bien droite au bout de la table du déjeuner. C'est elle qui nous parla de ses ancêtres normands.

Je n'étais pas le seul invité. Il y avait également une religieuse française qui voyageait « missionnaire », découvrant le pays et trouvant gîte et couvert en échange des services qu'elle rendait, et la secrétaire de l'Œuvre, une mulâtre jeune, jolie, enjouée et enceinte. La conversation effleurait tous les sujets sans vraiment les approfondir. En termes très allusifs, on esquissa quelques critiques sur le régime. On voulait connaître mes impressions. Mais il n'y avait pas quarante-huit heures que j'étais sur l'île. Et je n'avais pas l'intention d'émerveiller mon auditoire par mes souvenirs de la veille liés aux assauts des Dominicaines. Je me confinai dans les sentiers battus de la pauvreté criante et de la cherté de la vie. C'est la secrétaire, très en verve, et dont l'état de future mère garantissait en quelque sorte l'impunité, qui lançait le plus de banderilles envers l'ordre établi, n'épargnant pas davantage les missionnaires que les Américains ou les Espagnols dans le rôle néfaste qu'ils avaient pu jouer successivement dans l'île.

À force de recevoir des gouttes d'acide, la cuirasse catholique de Sœur Véronique finit par être entamée. Sans abandonner le ton badin qui prédominait autour de la table, elle reprit à son compte la thèse selon laquelle les Noirs n'avaient été amenés d'Afrique que pour essayer de sauver les Indiens de l'extermination où les précipitaient les exigences des Espagnols. De l'esclavage philanthropique en quelque sorte…

Après le repas je me laissai conduire à Fort National, un quartier populeux au cœur duquel l'Œuvre avait ouvert une école, un centre communautaire et un dispensaire. Gustave, qui s'était assoupi sur le seuil de l'orphelinat, aurait voulu m'accompagner. Mais Sœur Véronique y mit le holà. Et pas question pour elle de s'en laisser compter comme une simple fille de Bizoton. Comme la petite domestique, Gustave fut contraint de baisser les yeux. Je ne réagis pas, lâchement sans doute, laissant à la religieuse le soin bien involontaire de me débarrasser de ce trop coûteux compagnon.

Des hauteurs de Fort National les bidonvilles s'éparpillaient sur tous les versants de la colline assaillie d'une marée de tôles ondulées ravagées par la rouille. Dans les ravines asséchées qui ridaient les vallons, des détritus et des excréments s'entassaient, d'où bourdonnaient des nuées de mouches bleues. En dehors de quelques rues, il n'y avait que des sentiers escarpés et sinueux qui menaient d'un taudis à l'autre. Chiens galeux et squelettiques, enfants en guenilles et morveux, femmes lourdes à la peau ratatinée, filles superbes dont les seins nus tressaillaient au rythme dansant de leurs pas, quelles images garder de ce fouillis écrasé sous la chaleur et les tôles ?

Ce Boeing qui survolait le bidonville misérable avant de décharger sur l'aéroport tout proche sa cargaison de bien-nantis ? Ce gamin loqueteux, à l'ombre d'une ruelle, s'évertuant seul à écrire sur des papiers chiffonnés ? Ces femmes, grises de la poussière de charbon de bois dont elles emplissaient des sacs, laides à faire peur, vieilles malgré leurs vingt ans ? Cette prétentieuse enseigne d'une petite gargote : « Si Dieu est pour moi qui sera contre moi ? » On y vendait du poulet, de la saucisse, du *cachiman*, de la grenadine, de la *chadèque*... et des produits pour cheveux !

C'est ainsi que je passai mon après-midi, partagé entre la pauvreté et la misère, entre la crasse et la saleté. J'avais beau m'être blindé le cœur, j'avais beau m'être convaincu avant de partir que derrière les cocotiers et les plages blondes il y aurait le merdier puant, la réalité qui m'éclatait en pleine gueule avait beau être attendue, elle n'en était pas moins insupportable. Avec les dollars que j'utiliserais pour assouvir mes fantasmes, j'aurais pu étancher la soif de tel bébé qui pleurnichait sur un tas de loques au pied d'un escalier, j'aurais peut-être pu – qui sait? – écarter la mort de ce taudis où il n'aurait peut-être fallu qu'un peu d'antibiotiques pour que la vie triomphe? Je ne succombai pas à la tentation du bien. Cynisme ou lâcheté? Sans doute les deux. Mais surtout le sentiment terrifiant d'une impuissance extrême face à la marée de misère que je côtoyais.

Vers la fin de l'après-midi, le chauffeur de l'Œuvre me reconduisit directement au *Tropical.* J'avais craint un instant que le nom de l'établissement ne jette quelque froid dans mes rapports avec la religieuse, mais il n'en fut rien. Nous étions convenus que je repasserais à la fin de mon séjour, ce qui laissait à Sœur Véronique le temps d'écrire quelques mots pour nos amis belges.

J'avais largué Gustave, ses filles et ses bordels. En rentrant au *Tropical* j'espérais retrouver Jean et le fruit de ses recherches.

Je descendis donc au bar et commandai un rhum-punch. Je m'y retrouvai en mâle compagnie de trois prostitués qui se disputaient mon attention par des œillades langoureuses, des poses lascives et des chuchotis en tous genres. Mais rien dans leurs physiques n'exerçait sur moi le moindre attrait. J'attendais Jean.

Ce fut Louis.

Je me souvenais vaguement l'avoir déjà croisé au *Tropical.* En entrant dans le bar, il s'assit d'autorité à mes côtés et me souffla à l'oreille :

– J'ai le garçon que tu as demandé à Jean…

Jean s'était donc déchargé du problème sur un « professionnel ». Car je ne doutai pas un instant du fait que Louis, quand il n'usait pas de ses charmes, s'entremettait pour faire valoir ceux des autres.

– Il a quel âge, ton garçon ?

– Un peu plus de dix-sept ans. Il est d'accord. Il viendra ce soir.

Dix-sept ans ! Le bon créneau. L'âge où le sexe sait être éloquent sans être démesuré. L'âge où le ventre est encore d'une douceur satinée sans pilosité superflue, l'âge exquis où le garçon sait à la fois subir et donner, exalter notre plaisir et jouir du sien. Un bon millésime, vert et velouté, vif et doux, avec ce piment qui lui donne un arrière-goût sulfureux. La tendresse coquine mâtinée d'un peu de vice, un reste d'innocence poivrée de quelques grains de perversité, la candeur canaille habillée de débauche tranquille. On peut tout faire avec un garçon de cet âge, sauf lui faire un enfant… et ce n'est pas là le moindre de ses charmes !

Mais Louis n'avait pas que mon lit en point de mire. Il avait su, par Jean, que je voulais parcourir l'île, que je cherchais une voiture et un guide pas trop âgé. De là à se considérer comme le candidat idéal, il n'y avait qu'un pas que Louis n'avait pas hésité une seconde à franchir. Car, bien sûr, il connaissait Les Cayes où il avait des amis, Le Cap où il avait de la famille et Jacmel où il allait parfois en week-end.

Je n'étais plus tout à fait le touriste crédule du premier jour aussi le laissai-je débiter son baratin à mi-voix sans lui manifester trop d'intérêt jusqu'à ce qu'il abatte son maître-atout : un document qu'il me présenta comme étant son permis de conduire.

Moi qui appréhendais tant de me plonger dans le trafic local au volant d'une voiture que je ne connaissais pas, j'entrevoyais enfin une issue heureuse au problème. Louis était apparemment capable de conduire une voiture, de me servir de guide. Trouverais-je une seconde fois un tel oiseau rare ? Une sorte d'euphorie me gagna à nouveau alors que rien ne me prouvait qu'il savait réellement conduire, qu'il connaissait toutes les villes de l'île, ni même qu'il me fournirait un garçon délicieusement comestible ce soir-là. Comme Gustave, il était en train de me subjuguer ! Une sonnette d'alarme retentit quelque part dans mon cerveau embué de rhum-punch et de songes érotiques.

– Combien voudrais-tu pour m'accompagner ?

– Le prix ? On verra après…

Je n'avais pas évincé Gustave pour retomber dans les mêmes pièges. J'appréhendais de plus en plus ce système qui consistait à offrir les services d'abord et à en fixer le prix après. Mais Louis avait gagné et il le savait. Nous bûmes un autre rhum puis je l'invitai :

– Montons là-haut. Nous serons plus à l'aise pour discuter sérieusement des conditions. Je veux que tout soit clair avant de partir. Pas après !

Gustave n'avait pas de prix, mais sa compagnie s'était avérée hors de prix. J'expliquai à Louis que je ne pouvais malheureusement pas laisser le hasard décider du montant du voyage, qu'une première journée à l'aveuglette m'avait coûté fort cher. Je lui expliquai ce que j'attendais exactement de lui : conduire la voiture, me servir de guide et d'interprète le cas échéant car le créole n'était pas toujours limpide à comprendre. Il se logerait et se nourrirait où bon lui semblerait. Libre à moi de lui offrir tous les repas et les boissons que je voulais, mais sans en faire une contrainte. Il accepta mes conditions sans discuter et mon prix lui convint. Pour sceller notre marché, il me proposa… un massage !

– Tu verras, c'est très bon pour toi ! Ça va te détendre !

Je refusai d'abord, prétextant que je n'en éprouvais pas le besoin. Mais il n'en démordit pas et finit par se retrouver à califourchon sur mon dos. Je ne pense pas que ce soit là la position adéquate des masseurs authentiques, mais, ma foi, ce n'était pas désagréable. Louis me pétrissait les muscles, des épaules aux orteils, avec un savoir-faire assaisonné d'un soupçon de langueur lorsqu'il passait des fesses à l'entrecuisse. Notre mauvaise foi à tous deux allait tellement de soi que je ne protestai pas lorsque Louis, complètement nu, fit glisser mon slip le long de mes jambes et se mit à me masser le sexe avec la bouche. Une technique de massage, on en conviendra, très particulière. Je m'étais juré de rester de marbre quoi qu'il advienne. Mais peut-on empêcher un ventre de succomber à d'aussi doux tourments ? Pour terminer son « travail », Louis joignit son sexe au mien dans ses mains et les massa ensemble en leur imprimant un mouvement de va-et-vient de plus en plus rapide. J'avais beau serrer les dents pour ne pas râler de plaisir, je sentais le moment proche où j'allais gicler. Louis, toujours à genoux, haletait de plus en plus fort, bouche ouverte et yeux fermés. Nous jouîmes ensemble dans ses mains.

– Ah ! ton foutre ! Que c'est bon ! J'aime ! J'aime !

Et il se frottait les lèvres, la gorge, la poitrine, le ventre de ses mains gluantes. Il se pourléchait les doigts. Je riais. Étonné et ravi d'avoir trouvé tant de plaisir avec ce garçon qui ne m'avait pas fait flasher a priori.

Mais la soirée ne faisait que commencer.

Après un souper aux poissons dont l'abondance n'avait d'égal que la fadeur, je regagnai ma chambre dans l'attente de la recrue que Louis m'avait promise. Je ne dus pas patienter longtemps.

– Voilà. Il s'appelle Michel. Je viendrai le reprendre dans deux heures…

C'était un jeune mulâtre, tout sourire, presque aussi grand que Louis. Il est vrai que Louis n'était pas très grand. Il me dit venir de Pétionville, qu'il terminait ses études à l'école des Frères mais qu'il était en vacances. Pour respecter le rituel ou me rassurer sur sa propreté il me demanda s'il pouvait prendre une douche. J'acquiesçai.

L'avantage de la douche, outre la propreté, c'est qu'elle justifie la nudité, qu'on n'a pas à faire au garçon de proposition équivoque pour l'amener à se dévêtir. Il se déshabille pour se laver, quoi de plus anodin, ensuite, il n'y a plus qu'à laisser les événements suivre leur cours et la nature prendre son pied. Quoi de plus normal que de vouloir l'aider à s'essuyer et si votre main dérape entre ses cuisses, c'est un accident de parcours ! Si sa main rejoint la vôtre, l'accident de parcours devient connivence et il n'y a plus qu'à se laisser tomber au creux du lit pour y batifoler.

Lorsque Michel sortit de la douche tout emperlé de gouttelettes, sa verge qui ballottait avec indolence entre les fuseaux de ses cuisses, me fit douter sérieusement de ses dix-sept ans.

– Quel âge as-tu, Michel ?

– Dix-sept ans. Dix-huit l'année prochaine.

– Tu es sûr ?

– Mais oui. Pourquoi ?

Je lui caressai le sexe.

– Tu m'as l'air bien bâti pour un garçon de cet âge.

Il me désarma d'un sourire. Peu m'importait après tout s'il mentait. Je n'allais pas le récuser alors qu'il était beau, plein de bonne volonté et, j'allais vite m'en rendre délicieusement compte, plus qu'expert en relations sexuelles.

Il se laissa essuyer et basculer au milieu du lit. Après quelques caresses au terme desquelles son éperon se dressa, il passa à l'offensive. Et quelle offensive !

La tête entre mes cuisses, il insinuait la pointe de sa langue dans mes replis les plus intimes.

– Tu aimes ?

– Mmmm !

Je me sentis à nouveau chavirer lorsqu'il me pourlécha la verge comme s'il dégustait une crème glacée. Tête bêche, nous roulâmes l'un sur l'autre, nous griffant, nous léchant, nous caressant. Nous nous explorions avec les mains, les pieds, la bouche, le sexe. Michel avait le ventre et les cuisses légèrement duvetées. J'y égarai ma bouche pour répondre à ses cajoleries. J'aimais son côté fripon et ses touches impudiques. Un long frémissement me parcourut l'échine lorsque, glissé sous mes jambes écartées, il saisit mon sexe et le tint au bord de ses lèvres.

– Tu aimes ? Je vais te boire…

Il aspirait, suçait, tétait avec une sorte de frénésie. Je laissais le plaisir affluer et refluer par saccades, par vagues de plus en plus gaillardes jusqu'à l'épanchement final. Je m'arc-boutai et dégorgeai avant de retomber sur les flancs du garçon qui me souriait toujours, les lèvres maculées d'un peu de liqueur séminale.

– À ton tour si tu veux…

Il avait bien le droit de jouir après m'avoir mené à de tels débordements ! Il me couvrit à nouveau de baisers. Baisers mouillés qui me faisaient frissonner. Il m'agrippa aux épaules et, sans cesser de me sourire, entama sur moi le mouvement qui aboutirait à l'éjaculation. Il faisait « aller-venir » comme on dit en Haïti. Et lorsque cela vint, il poussa un cri léger comme un couinement, son sourire se figea. J'avais le nombril inondé et nous restâmes ainsi accolés l'un à l'autre.

– Je t'aime. Tu es mon chéri. Je veux rester avec toi…

C'était un doux aveu, mais, malgré la félicité dans laquelle je baignais, je ne voulais pas me laisser engluer par les sentiments. Je le laissai parler sans répondre. Il continua de me susurrer des mots tendres et des compliments, m'effleurant les lèvres de ses doigts, me baisant les épaules, le cou, m'assurant de sa tendresse et de sa fidélité. Comme si les paroles n'étaient pas assez convaincantes, il saisit un bout de papier et un bic qui traînaient sur la table de chevet et écrivit laborieusement, lettre après lettre : « Mon chéri, je t'aimerai toujours. »

– Est-ce que tu m'aimes, toi aussi ?

– Oui. Je t'aime bien. Tu es très gentil et super pour faire l'amour. J'aime bien être avec toi…

– Alors, prends-moi avec toi… Dans la voiture, il y a de la place pour trois…

Il me caressait à nouveau, m'enveloppait de gestes câlins, de son sourire enjôleur, il repartait à la conquête de mon ventre, de mes cuisses. Je l'en écartai doucement.

– Ce n'est pas si simple que cela, tu sais, Michel…

– Pourquoi, puisque je te plais…

– Je sais. Mais je ne peux pas. Tout est réservé…

– Mais ce serait mieux pour toi si tu gardais toujours le même garçon !

– Pourquoi ?

– À cause du sida !

Cette conversation sur l'oreiller prenait décidément une tournure inattendue. Le sida, en ce temps-là, se murmurait à peine dans quelques cercles d'initiés.

– Le sida ?

– Oui… La maladie des phi… des philopédés…

– Des philopédés ?… Ah ! des homos… Et alors ?

– Tu sais qu'il y a le sida à Haïti. Si tu restes tout le temps avec le même garçon, c'est moins dangereux que si tu changes tous les jours. Tu comprends ? Moi, je n'ai pas le sida… Alors, tu me prends avec toi ?

– Ce n'est pas possible. Essaie de comprendre.

– Tu prends bien Louis !

– Oui. Mais Louis me sert de guide. J'ai assez avec un guide. Et il tirera son plan pour manger et dormir.

Malgré sa gentillesse, son sourire, sa bouche en cœur, ses yeux ombrés de longs cils, je ne pouvais que refuser de l'emmener. Je savais qu'il serait triste. Et j'étais triste qu'il soit triste. Comme dit le dicton : « L'animal est triste après l'amour »…

La nuit avait glissé sur Port-au-Prince. Louis vint récupérer Michel. Je restai seul dans le grand lit défait. Sans illusions et sans amertume. J'avais passé le cap des amours spontanées. Le corps a des raisons que le cœur ne connaît pas. J'avais passé l'âge de croire au Père Noël et au beau mec blond à la peau caramel qui prodiguerait des caresses pour la beauté du geste à l'inconnu dont il partagerait la couche. J'avais trop d'années de chasteté à rattraper pour attendre un improbable miracle. Mes jours de plaisir étaient comptés et limités par mon billet d'avion et… mes dollars. Je plaide coupable sans regrets… Quant au bonheur… Pouvait-on décemment être heureux dans une ville où la misère tenaillait le ventre de milliers d'enfants ? Pouvait-on parler de bonheur quand la débauche des nuits ne pouvait me faire oublier la misère des jours ? Non, je n'avais pas de haut-le-cœur en passant des malheurs de Fort National aux turpitudes du *Tropical*. Deux mondes se côtoyaient qui étaient férocement complémentaires. De sœur Véronique qui se dévouait avec une austère fermeté pour les plus pauvres à Michel qui offrait la succulence de son épiderme au partenaire d'un soir, chacun participait à sa manière à la course au bonheur. Certes, la succulence de Michel était beaucoup plus éphémère que l'austère vertu de sœur Véronique. Peut-être n'en avait-elle que plus de prix ? Mais qui connaît vraiment le prix du vice et celui de la vertu ? Ce jour-là, à Port-au-Prince, j'avais fréquenté deux mondes. Je ne suis pas sûr que le meilleur soit du côté de Dieu. Ou alors, Dieu n'est peut-être pas aussi bien-pensant qu'on le dit…

CHAPITRE IV

JUNIOR

Je m'étais assoupi, le corps et le cœur las, et l'aube me surprit dans une sorte de somnolence molle, propice à toutes les forfaitures, à tous les abandons. L'air tiédissait déjà et s'enflait du cri des coqs, de l'aboiement intermittent d'un chien dans un jardin proche, de l'appel enroué d'un cargo dans la rade, des premiers papotages des *madames Sarah* et du bourdonnement sourd des *tap-tap* en partance vers Port-au-Prince.

Les membres encore éreintés, j'émergeais lentement dans la lactescence bleutée de mon Éros. C'était l'heure trouble, amère et dérisoire du plaisir solitaire que je prenais en me caressant jusqu'à l'épanchement dans un halètement rauque. Alors, jambes et bras écartés, je n'étais plus que l'épave crucifiée d'un naufrage dont j'appréhendais chaque fois un peu plus le dénouement. Seul à seul avec moi-même, je restais ainsi de longues minutes, prostré, pétrifié dans la douleur voluptueuse du plaisir non partagé. Ce n'est que lorsque mon cœur avait récupéré son rythme normal que je reprenais possession de moi-même et que je me reconstituais une anatomie décente de dormeur innocent.

Je dormais peu, je dormais mal et je me levais de bonne heure. Pourtant la fatigue ne m'ébréchait pas encore et j'en étais d'ailleurs le premier surpris. J'en profitai pour redescendre très tôt à Port-au-Prince.

Je m'étais juré de rester seul, mais, je l'ai dit, dans les rues de la capitale haïtienne, la solitude est un art impossible. Je n'avais pas quitté le *tap-tap* de deux minutes que je fus interpellé par un adolescent au visage tavelé. J'eus beau lui expliquer que j'allais partout et nulle part, que je n'avais pas besoin d'un guide, que je voulais simplement flâner et photographier autour et alentour du marché tout proche, que je n'avais pas l'intention de payer qui que ce soit pour un service dont je n'avais nul besoin, rien ne le persuada de renoncer à ma présence. Il me suivit comme une ombre, docile et silencieux. Je me contentai de l'ignorer. Du moins, j'essayai de l'ignorer.

Caméra au poing, je m'étais engagé dans la cohue du marché qui envahissait toutes les rues autour du Marché de Fer, de son immense halle et de ses tourelles rouges et vertes dont les clochetons ajourés évoquaient bien plus l'Arabie que les Caraïbes. C'était un foisonnement de centaines et de centaines de petits négoces en tous genres : cordonniers et maroquiniers, ferronniers et quincailliers, couturières et vendeuses de cotonnades, petits cireurs de chaussures, vendeurs de borlette, de chewing-gum, d'images pieuses ou de magazines aux couleurs criardes, marchandes de fruits, d'épices, de légumes et de volailles, poissonnières et charcutiers, charbonniers et limonadiers, bricoleurs astucieux, spécialistes dans l'art impossible d'accommoder et de raccommoder des matériaux de réemploi... Tout ici concourait à donner l'impression d'une grande abondance et il fallait une bonne dose de mauvaise foi pour oser croire qu'on était dans un des pays les plus misérables du monde. Mais toutes ces femmes, ces filles, ces gamins descendus aux aurores des montagnes environnantes avec quelques goyaves, des papayes, une brassée de carottes, une demi-douzaine d'œufs, une poule et un couple de canetons, trouveraient-ils acheteurs à des prix décents ?

J'étais assailli de couleurs vives et d'odeurs tropicales. Dans la chaleur montante, le cumin, le poivre noir, la cannelle, la noix de muscade et la canne à sucre mélangeaient leurs parfums aux odeurs grasses de poissons salés et de viandes frites. À certains carrefours, en enfilade vers le port, de grandes bouffées de vent apportaient des effluves marins. Mais, ailleurs, des égouts larges ouverts mêlaient leur pestilence aux senteurs du marché. L'amalgame était parfois détonnant mais la foule des badauds n'en semblait guère importunée. Au bout d'une heure, je m'étais complètement fondu dans cette masse bon enfant qui, ne sachant si j'étais de France ou d'Amérique, m'interpellait tantôt d'un « Hé, Blanc! », tantôt d'un *« Good morning, Sir! »* Un geste de la main, un sourire, une photo. Je me surprenais parfois à jeter un coup d'œil derrière moi pour constater avec une sorte de satisfaction rentrée que mon « ombre » était toujours là. Rassurante comme une bouée sur une mer qui pouvait devenir houleuse. Je me laissais ballotter par les mouvements du marché, me faufilant là où c'était possible, devant, derrière, entre les étals, les nattes posées à même la poussière des rues, les sacs de jute, les corbeilles de paille ou de sisal. Le marché n'en finissait pas de s'étendre vers les faubourgs, sautant d'une rue à l'autre, par-dessus les égouts ouverts qu'il fallait traverser sur des planches branlantes et gluantes de boue noire.

Petit à petit les étals se firent plus minables, plus sales. Aux relents de pourriture humide de plus en plus insistants s'ajouta l'âcre odeur des fumées d'immondices qu'on brûlait. L'opulence apparente du Marché de Fer dégénérait en troc miséreux. Il n'y avait plus de rues, mais un éparpillement sans ordre de cabanes ouvertes, piteuses, aux bâches sales et déchirées, dans lesquelles se tenaient des marchandes et des marchands de plus en plus déguenillés. Comme les acheteurs. Sans le savoir, je m'étais égaré au cœur du marché du bidonville de la Croix des Bossales. La terre boueuse et noire rappelait l'ancien marais où les Bossales, les Noirs de Guinée, accostaient au temps des négriers. D'autorité mon « ombre » se glissa devant moi et me fraya un chemin à travers un dédale de planches à moitié enfoncées dans la boue et la fange. Le vent qui rabattait vers nous la fumée des détritus qu'on incinérait ajoutait encore au caractère misérable du lieu. Dans ce décor sordide, l'atmosphère s'était crispée, et si l'hostilité à mon égard n'était pas évidente, j'avais néanmoins l'impression fâcheuse de m'être fourvoyé dans un monde où je n'étais qu'un intrus. Un intrus dont la richesse apparente – mon matériel photographique – aurait permis à plusieurs personnes du faubourg de vivre sans problème pendant plus d'un an. De quoi susciter quelques regards d'une envie bien légitime et des gestes un peu vifs que la présence à mes côtés de l'adolescent tavelé avait le don de réduire. Je compris ce matin-là qu'il y avait des endroits à éviter lorsqu'on était seul et curieux, mais que, par contre, le fait d'avoir accepté un « accompagnateur » entraînait une sorte de consensus tacite. Je n'étais plus seulement un voyeur qui zoomait aux quatre vents, mais surtout le gagne-pain momentané d'un traîne-misère. Et ce titre-là compensait souvent – pas toujours – l'irritation que pouvait susciter le voyeur.

Nous sortîmes de la Croix des Bossales par la gare routière, si tant est qu'on puisse appeler ainsi l'immense terrain vague où se rassemblaient les camions-bus qui reliaient la capitale aux coins les plus isolés de l'île. Il y avait là des dizaines de *tap-tap* géants qui, comme leurs cadets de la capitale, étaient bariolés de couleurs criardes et placés sous la protection de Dieu, de ses saints, des *loas* et des génies domestiques. Les voyageurs arrimaient leurs bagages hétéroclites et volumineux aux toits des véhicules avant de s'encaquer sur des banquettes de bois noircies par les ans. Quand le camion était suffisamment surchargé de fret et de passagers, il s'ébranlait, moteur ahanant, se frayait un passage parmi les piétons à grands coups de klaxon, balançait sa cargaison au gré des ornières du terrain, dégageait un panache de fumée grise ou noire. Lorsqu'il s'engageait sur le boulevard tout proche, des deux côtés du véhicule des bras agitaient un mouchoir, un foulard, un chapeau de paille. Mais déjà d'autres camions klaxonnaient avec des gosses arrimés en pagaille aux montants de la benne. Camions de fortune pour des voyageurs d'infortune. J'en rencontrerais plus d'un, au milieu d'une côte, le capot relevé, une rigole d'eau ou d'huile saignant du moteur, de grosses pierres calant les roues arrière, tandis que les passagers, égaillés sur les bas-côtés de la route, attendaient avec une résignation empreinte de fatalisme le passage d'un autre véhicule pas trop surchargé qui pousserait un peu plus loin leur destinée. Il fallait une fameuse dose d'inconscience pour s'embarquer sur ces cages à voyageurs poussives. Mais l'inconscience n'était-elle pas une constante dans ce pays qui possède la plus grande usine de balles de base-ball du monde mais qui ne joue qu'au football.

De la gare routière je gagnai le port tout proche où, à ma grande surprise, l'adolescent ne me suivit pas. Il me fit comprendre qu'il m'attendrait près de la grille d'entrée de la jetée. J'étais étonné mais ne posai pas de questions. Je m'assurai quand même qu'aucun panneau n'interdisait l'accès au port. J'aime les ports. Ils sont une porte ouverte vers un autre possible, vers d'autres îles, vers le large, l'inconnu et la liberté. Et pourtant, ce matin-là, les quais de Port-au-Prince allaient me renvoyer l'image cinglante du contraire.

Le port était particulièrement calme. Quelques vieux cargos aux coques rouillées étaient amarrés et contrastaient outrageusement avec le clinquant d'un garde-côte américain, rutilant de peinture fraîche, bannière étoilée claquant au vent, équipage en uniforme impeccable. Des hommes sains sur un bâtiment sain. L'échelle de coupée était descendue. Deux limousines noires et un camion militaire non bâché, orné d'une grande croix rouge, s'en approchèrent. Sur le pont du garde-côte, une douzaine d'Haïtiens, des hommes, des femmes, attendaient, encadrés de trois marins. Les occupants de la première limousine, des Noirs cossus, costumes gris et lunettes teintées, échangèrent une poignée de mains et quelques propos avec le commandant du garde-côte. Puis, sur un signe de l'officier américain, un des trois marins détacha la chaîne qui barrait l'échelle de coupée. Les Haïtiens descendirent, un par un, dans un silence glacé, puis grimpèrent aussitôt sur la benne du camion où les attendaient trois soldats en armes et une infirmière en uniforme blanc. Pas un cri. Pas d'autre bruit que la rumeur lointaine de la ville et le clapotis des vagues le long du quai. Une des femmes, le regard tourné vers la mer, écrasa une larme. Un compagnon la prit dans ses bras. Ils faillirent tomber à la renverse lorsque le camion s'ébranla, escorté des deux limousines.

Les apparences étaient sauves. Je pourrais témoigner que les *boat-people* haïtiens avaient été débarqués correctement, sans brutalités, du garde-côte US et pris en charge par la Croix-Rouge. Mais ensuite ? Les laisserait-on reprendre le chemin de leur gré ou les embarquerait-on plus discrètement vers des parloirs avec confesseurs très particuliers ? Le port où j'avais cru rêver d'évasion n'était plus que la porte de service d'un pénitencier. Amère désillusion ! Mais au fond, est-ce que je ne le savais pas ?

Bien sûr, je n'avais vécu qu'un très court instant d'une histoire dont je ne connaîtrais jamais tous les tenants et aboutissants. Peut-être que le garde-côte, en les interceptant, leur avait évité un naufrage au large de la Floride ou des Bahamas comme cela arrivait fréquemment ? Les rafiots qu'ils payaient à prix d'or pour une mythique liberté ne valaient pas mieux que leurs camions, mais en mer, la déglingue ne pardonne pas. Sans doute leur retour forcé sur l'île leur avait-elle évité la dure désillusion des ghettos populeux de Miami ou de New York ? Mais, de peut-être en sans doute, pouvait-on justifier l'injustifiable ? Pourquoi, sous la bannière de la liberté, fallait-il brimer la liberté des pauvres ? Car il y avait belle lurette que les riches de Haïti avaient pu quitter l'île, avec un passeport en règle, en avion de ligne et sans risques. Mais le plus poignant restait cette lancinante interrogation sur le futur de cette femme qui pleurait, de cet homme qui essayait de la consoler, de leurs compagnes, de leurs compagnons, figés dans un silence de terreur et d'infortune. Car suffit-il vraiment de peindre une croix rouge sur un camion militaire pour garantir le respect de la vie ? Combien sont-ils de Saïgon à Santiago qui ne pourront jamais répondre à cette question ?

La baie était calme, à peine ridée par un léger alizé. Quelques pirogues zigzaguaient vers le large. Sur un cargo, le moteur d'une pompe se mit à vibrer. Le Boeing quotidien de l'American Airlines vira au-dessus de nos têtes pour atterrir à l'aéroport François Duvalier. Sur le garde-côte, les marins relevaient l'échelle de coupée, et une grue se mit en branle pour décharger des containers. La vie reprenait ses droits, la parenthèse était fermée.

Étais-je vraiment le seul à trouver tout à coup que l'air du large avait un arrière-goût de renfermé ?

Sans m'attarder, je retournai vers la grille du port où m'attendait l'adolescent toujours aussi silencieux. Je l'interrogeai :

– *Boat-people*?

– *Yes!*

Il m'accompagna jusqu'au *Rond-Point*, le restaurant en bordure du boulevard Truman, proche de l'ambassade américaine. Bien sûr, il me tendit la main avant de me quitter pour que j'y glisse quelques gourdes, et bien sûr, je me rendis à ses raisons.

Il était plus de midi ; le restaurant était assez animé. La clientèle en était essentiellement blanche et américaine… Mais je ne suis pas raciste !

Vers la fin du repas, un repas trop copieux dont je n'avalai pas la moitié des plats, un jeune homme s'approcha de la table où je dînais seul. De taille moyenne, mince, le visage plutôt maigre, le menton prolongé d'un soupçon de barbiche frisottante, il s'excusa de me déranger.

Après un bon repas, on est toujours enclin au pardon.

– Mais non, tu ne me déranges pas. Au contraire ! Que veux-tu boire ?

Il s'appelait Michel, comme le boy de Pétionville, mais il n'en avait pas le côté sexy. Il m'expliqua qu'il servait de guide aux clients du restaurant.

– Si on me laisse entrer ici, c'est qu'on peut avoir confiance en moi…

C'est vrai qu'il n'avait pas l'air canaille de Gustave ni son assurance péremptoire. Il y avait dans son regard une lueur fiévreuse. J'éprouvais le sentiment qu'il avait vraiment besoin d'accompagner quelqu'un, et mon expérience matinale me démontrait que pour sortir sans problème des sentiers battus du tourisme chic, il valait mieux prendre un compagnon.

Je lui racontai ma matinée, le marché de plus en plus sale…

– La Croix des Bossales ! Mais tu ne pouvais pas aller là !

– Et pourquoi donc ?

– C'est trop pauvre. Ce n'est pas pour les touristes…

Je lui racontai le port.

– Et ces gens, tu crois vraiment qu'on va les soigner puis les libérer ?

Il me répondit par une moue dubitative, puis :

– Je vois que tu t'intéresses aux gens du pays… Si tu veux, je peux te montrer comment ils vivent… Tu connais la Rivière Froide ?

Bien que je me sois heurté à un évasif « Tu paieras si tu es content ! » lorsque je voulus aborder la question du coût de ses services, j'acceptai de le suivre durant l'après-midi avec la vague promesse de le reprendre à mon service le lendemain si j'étais satisfait et que ses initiatives ne me coûtaient pas les yeux de la tête. Je lui expliquai que la tournée des bordels et des cathédrales ne figuraient plus à mon programme. Les bordels parce que les bières y étaient trop chères, quant aux cathédrales, leur médiocrité affligeante et rose bonbon ne méritait pas un excès de ferveur.

Aux portes de la ville, non loin de Carrefour, la Rivière Froide délaçait ses méandres au creux d'un petit canyon. Pour allécher le cochon qui sommeille sans doute chez la plupart des touristes blancs, Michel m'avait précisé :

– Tu verras, c'est plein de filles aux seins nus qui se baignent !

J'osais espérer qu'il y aurait en plus quelques garçons que ma caméra n'effaroucherait pas trop et qui montreraient plus que leurs seins.

La rivière était parsemée de gros galets de la même couleur beige que les hauts talus abrupts des berges, ce qui donnait à l'eau une couleur d'ambre et de miel. Autour et alentour, quel délicieux spectacle !

Sur quelques centaines de mètres, la rivière n'était plus qu'une fête charnelle où la nudité triomphait. Mais une nudité qui n'avait rien d'impudique, rien d'indécent. Comme un immense manteau d'Arlequin, les lessives étaient étalées sur les rives caillouteuses et ajoutaient au décor leur flamboiement chamarré. Pendant qu'elles laissaient au soleil largement le temps de sécher les draps, les culottes et les chemises, les femmes en profitaient pour faire la causette et leur toilette. Qu'elles soient sveltes ou ventrues, menues ou girondes, qu'elles aient la poitrine fortement mamelue ou à peine esquissée, toutes les anatomies féminines voisinaient sans fausse honte ni le moindre complexe. Des volées de gosses en chamaille couraient entre les lessives, sautaient sur les blocs de tuf, se culbutaient, s'éparpillaient dans les clapotis de la rivière, tournoyaient autour d'une grande fille aux hanches prises dans un minuscule slip blanc. Elle se débattait avec un grand drap que le vent gonflait. Un peu plus loin, deux mémères particulièrement opulentes, assises à même le lit de la rivière, étalaient des mamelles aussi imposantes que leurs cuisses. Dans tout autre décor cette avalanche de chair molle mal contenue dans des gaines brun clair aurait eu un côté obscène et provocant. Ici, ce n'était que deux grands-mères qui prenaient le frais et taillaient une bavette tout en lavant leurs chemisiers. Ce qui ne les empêchait pas de surveiller du coin de l'œil les turbulences de leur progéniture et de réprimander à grands coups de gueule le gamin trop pétulant qui avait fait basculer dans la rivière la bassine de draps qu'une voisine venait d'essorer.

L'eau aux reflets de miel chaud, les peaux luisantes de savonnées et de soleil, les draps multicolores, la chaleur ambiante, tout contribuait à faire de ce rendez-vous quotidien une fête joyeuse où le temps s'écoulait dans une sorte de fastueuse fluidité et où les corps dénippés étaient unis dans la même allégresse où richesse et pauvreté auraient été gommées.

Si les femmes et les fillettes gardaient leurs culottes, leurs gaines, ou retroussaient leurs jupes en corolles bouffantes, les gamins, pour la plupart, arboraient franchement leur virilité naissante. Toutefois, ceux qui avaient atteint le seuil où le sexe s'exprime déjà avec plus d'éloquence se retrouvaient discrètement en d'autres lieux, à l'écart des femmes, pour y faire leurs ablutions quotidiennes.

Avec Michel, je déambulai en amont, en aval de la Rivière Froide.

– Tu crois que ça ne les embête pas trop que je fasse des photos ?

– Non. Tu peux, puisque tu es avec moi…

J'emmagasinai ainsi quantité de pellicules pittoresques et somptueuses, des images flatteuses d'un peuple dont on aurait juré qu'il rutilait de santé et de joie de vivre.

Lorsque Michel me proposa, une heure plus tard, d'assister à un combat de coqs, je constatai avec un certain dépit que j'étais arrivé au bout de mes pellicules. Mais, comme le *Tropical* n'était qu'à cinq bonnes minutes en *tap-tap*, nous y fîmes un saut pour me réapprovisionner. Funeste précaution !

En sortant du *Guest House* avec Michel, j'entendis qu'on m'interpellait haut et fort. Je me retournai. Gustave m'attendait. Un Gustave furibard d'avoir été abandonné comme une vieille pantoufle et qui m'avait guetté dieu sait combien d'heures autour de l'hôtel. De but en blanc et sans préambules oratoires il me réclama quarante dollars !

Moi qui l'avais quitté parce qu'il me coûtait trop cher !

– Quarante dollars ? Et pourquoi, seigneur ?

– J'ai perdu une journée à cause de toi !

Il était gris de colère et agitait dangereusement les mains autour de ma tête.

– Tu m'as coûté suffisamment cher le premier jour pour que je ne te doive plus rien !

Mais il ne l'entendait évidemment pas de cette oreille.

– Donne-moi quarante dollars !

– Il n'en est pas question !

Je me tournai vers Michel et le priai d'arrêter le *tap-tap* qui s'approchait. Gustave, bien décidé à ne pas nous lâcher, y grimpa aussi, et, les dents serrées, ressassait en silence sa colère rentrée. Il arborait toujours mon chapeau. Michel me suggéra :

– Dis-lui que tu ne lui dois rien puisqu'il a pris ton chapeau.

L'argument me parut trop mince pour convaincre Gustave.

– C'est ici ! fit Michel après quelques minutes de trajet.

J'étais atterré. Le combat de coqs avait lieu au cœur de Bizoton, en plein fief de Gustave !

– Ce n'est pas possible ! Écoute Michel : si tu veux être payé, tire ton plan pour me débarrasser de Gustave !

Odieux chantage sans doute…

Je réglai le montant de la course pour Michel et moi et refusai net de payer pour Gustave. Pendant que le chauffeur essayait de se faire régler la course par mon ex-guide, nous sautâmes dans un autre *tap-tap* qui démarrait déjà. Cela relevait du polar de série B. Gustave était provisoirement semé, mais je n'étais pas trop rassuré lorsque trois cents mètres plus loin à peine, nous descendîmes pour rejoindre la *gaguère* de Bizoton. J'étais aux aguets, je m'attendais à voir surgir Gustave à chaque coin de ruelle, derrière chaque tronc. Il n'en fut rien.

La *gaguère* était une vaste case circulaire, sans murs, avec une petite arène bétonnée entourée de gradins. Lorsque nous y pénétrâmes, deux coqs allaient bientôt s'affronter et leurs propriétaires, tour à tour, en vantaient les mérites, espérant ainsi faire monter les enchères et les prix à leur profit.

Pendant que des poignées de gourdes passaient de mains en mains pour aboutir chez l'arbitre, les possesseurs des deux premiers combattants préparaient leurs champions.

Dans le brouhaha général, ils aiguisaient une dernière fois les ergots, et, après avoir enlevé les chaperons qui couvraient la tête des coqs, ils prenaient dans la bouche une grande goulée de *clairin* qu'ils vaporisaient ensuite sur les volatiles. Les coqs étaient plutôt laids, avec le croupion, les pattes et le cou partiellement déplumés pour donner moins de prises à l'adversaire. Ils avaient la peau grenue et violacée à force d'avoir été massée et endurcie avec de l'écorce d'acajou. Comme de vrais managers dans un match de boxe, les deux hommes donnaient à leur champion les derniers conseils et les ultimes encouragements avant le duel.

Ce tête-à-tête était à la fois touchant et pitoyable. Pendant des mois, l'homme et le coq avaient établi entre eux une relation presque humaine. La bête avait été choyée, dorlotée, au prix de sacrifices importants pour l'homme et sa famille. Dans les minutes qui allaient suivre, un des deux coqs allait justifier ces sacrifices tandis que l'autre allait peut-être les rendre inutiles. Ce serait un quitte ou double sans pitié et sans recours.

Au signal de l'arbitre les combattants furent mis face à face. Immédiatement ils cherchèrent à coups de pattes et de bec les points faibles de l'adversaire. Les premières écorchures suscitèrent les cris d'encouragement des parieurs. La tension montait vite et fort. Dans la petite arène, le ballet des plumes ébouriffées s'accélérait. L'un des coqs virevoltait, ailes ouvertes, tandis que l'autre projetait avec véhémence son maigre cou en avant. Il semblait prendre le dessus et attaquait résolument son adversaire qui s'esquivait. Les propriétaires gesticulaient, hurlaient, pleuraient, paraissaient souffrir et jouir dans leur propre chair des coups reçus ou donnés par leur champion. Au bout de quelques minutes la partie semblait jouée en faveur du coq roux, le plus offensif. La moitié des spectateurs se résignait déjà à perdre son pari mais n'en injuriait pas moins le malheureux propriétaire du coq noir qui les avait induits en erreur. Soudain, le fuyard, après une brusque volte-face, passa à la contre-attaque. Le coq roux se retrouva acculé contre le muret en béton de l'arène et subit une volée de coups de bec. Une large goutte de sang étoila le sol de la *gaguère*. Les cris des parieurs redoublèrent. Ceux qui s'étaient crus perdus bondissaient de joie, se congratulaient déjà. Les quolibets, les apostrophes jaillissaient de partout. Seul l'arbitre demeurait imperturbable. Enfin, lorsque le coq roux sauta hors de l'arène pour échapper à la vindicte du coq noir, la *gaguère* vibra sous les cris de victoire des uns et d'amertume des autres. Les gourdes misées furent immédiatement partagées, le propriétaire du coq vainqueur empochant bien sûr le gros lot. Quant au vaincu, il préféra disparaître, trompant dans la solitude et l'anonymat sa honte, son chagrin et la fin de ses illusions.

Mais déjà de nouveaux paris étaient lancés pour un second duel auquel je préférai ne pas assister. Non pas que le spectacle m'ait écœuré, bouleversé ou déçu. Mais ma curiosité était satisfaite et je n'éprouvais pas le besoin de me saturer d'un spectacle que je n'appréciais pas plus qu'une corrida ou qu'un match de boxe. Et puis, pourquoi le nier, je n'avais pas envie de m'attarder davantage à Bizoton. Depuis mon algarade avec Gustave j'étais sur le qui-vive et plus tôt je serais sous d'autres palmiers, mieux ce serait…

Michel me proposa de finir l'après-midi à Mariani, à quelques kilomètres de Carrefour.

Au bord d'une petite baie, une cabane, quelques musiciens qui parvenaient à faire chanter des vieux fûts vides, très colorés, et deux prostituées. À l'ombre d'un grand flamboyant, des hommes en cercle devisaient et fumaient.

– Si tu veux fumer de l'herbe, ici on peut en trouver facilement et pas trop cher…

Nous nous assîmes à une table au bord de la mer, bercés par le murmure lancinant des vagues molles qui soulevaient à peine les pirogues attachées au tronc d'un palmier. Pieds nus sur les galets, les deux putains se déhanchaient au rythme plus vif du petit orchestre. Jupes fendues et chemisiers tendus sur des seins généreux, elles se voulaient provocantes et lascives. Elles n'étaient même pas belles et leurs tentatives de m'inviter à passer un moment avec l'une d'elles dans la cabane étaient aussi vaines que dérisoires. On ne fait pas boire un âne qui n'a pas soif. Et avec le jour qui tombait, je sentais se réveiller au creux de mes reins des démons plus familiers. Je rentrai donc au *Tropical*.

Louis m'y guettait pour me proposer un boy et un massage. J'acquiesçai pour le boy et refusai le massage, alléguant que ma journée avait été assez chargée et que je voulais d'abord me reposer avant d'aller dîner dans les environs.

– Tu peux aller au *Copacabana* ; ce n'est pas loin d'ici, sur la route de Port-au-Prince…

Sur ce, je montai dans ma chambre pour m'y reposer un peu. Je n'étais pas couché d'un quart d'heure qu'on frappait à ma porte. Je n'attendais personne si tôt. C'était Jean accompagné d'un autre garçon. Ce dernier fleurait bon la jeunesse et avait le physique assez agréable pour que je l'invite à entrer.

– C'est Louis qui t'envoie?

– Non. Je m'appelle Junior. On m'a dit en bas que je pouvais venir prendre une douche chez toi...

Refuse-t-on une douche à un joli môme de vingt ans?

Pendant que Junior s'ébrouait sous la douche, Jean m'expliqua que c'était arrangé pour le samedi. Charlie avait trouvé une voiture et il était d'accord pour que Jean m'accompagne à Saut d'Eau.

– On partira très tôt le matin. Vers six heures. Est-ce que je peux prendre une douche moi aussi?

La réponse allait de soi. Restait Junior.

J'étais assez perplexe sur la conduite à tenir. Fallait-il consommer au vol cet oiseau de passage ou me limiter au boy que Louis m'amènerait tout à l'heure?

Avouerais-je que, lorsque Junior sortit de la salle de bain, mes objections fondirent d'autant plus vite que le démon avait une façon si impudente de se caresser l'entrejambe en me parlant de ses études et de sa famille, que j'avais la délicieuse impression que c'était mon sexe qu'il caressait.

Sans façon, il s'installa sur mon lit, s'y coucha sur le dos de manière à mettre en évidence les reliefs qui animaient son prétexte de slip blanc, et, avec un sourire propre à désarmer une armée de capucins, il me proposa sans façon:

– Tu ne veux pas baiser?

– Avec toi?

– Soi-même!

Junior se laissa docilement manipuler. Le slip écarté, je découvris un pénis gonflé à point, mais un pénis sous lequel manquait un testicule. Détail mineur qui n'enleva rien à l'exaltation naissante. J'étais reparti pour un combat singulier où les tête-à-tête se transforment vite en tête-à-queue. La bouche de Junior valait celle de ses prédécesseurs et il avait dû fréquenter les mêmes lits scolaires que Jean, Michel et Louis.

Bras et jambes pêle-mêle, nous roulions sur le lit. Il me mordillait le lobe d'une oreille, ses doigts ébouriffaient mes cheveux. D'un coup de reins, je le renversai, prenant le dessus, j'arrimai mes bras à ses épaules. Il écarta les cuisses, les releva légèrement. Nos sexes durcis se heurtèrent. Je me préparais à l'éperonner vigoureusement lorsque je sentis deux mains me ceinturer le ventre. C'était Jean Ti-Bois.

Du coup la partie entamée en duo prit une nouvelle dimension.

Profitant de ma surprise, Junior se dégagea. J'étais pris en étau entre les deux garçons. Le souffle tiède de Jean me parcourait la nuque alors que la bouche de Junior me léchait un mamelon avant de se faire ventouse autour du nombril. Une main s'arrondit autour de ma queue, la branlant doucement. Ce devait être Jean. Un doigt me pénétra le cul, m'arrachant un cri de surprise. À son rire, je devinai que ce devait être Junior. À mon tour je repris l'offensive. Junior bascula vers l'arrière du lit, genoux repliés et cuisses larges ouvertes ; le sexe ostensible oscillait, pointait vers le plafond. J'en profitai pour saisir son unique couille, la caresser, la malaxer d'une main tandis que de l'autre je remontais la cuisse de Jean en quête de ses testicules. Il s'esquiva, se plaça derrière moi et me fit éprouver la rudesse de son excitation. D'une pirouette, Junior réussit à se redresser. Son sexe heurta ma bouche. Je l'absorbai. À mon tour je basculai, l'entraînant dans ma chute, sa bite collée à mes lèvres, mes bras accrochés à son entre-cuisse. Junior gloussa. Jean s'installa à califourchon sur son dos. J'étouffais tout à la fois sous le poids de leurs deux corps et la bouche pleine de la bite de Junior. D'une poussée du bassin je parvins à me libérer. Et la partie recommença. Nous tentâmes toutes les équations. Bouche à bouche, ventre à cul, bite à bite, dos à dos. Nous offrions tour à tour nos corps écartelés aux assauts de l'un ou de l'autre. Comme les divinités orientales nous avions six mains pour caresser, six lèvres pour sucer, six jambes à nouer et dénouer au fil des combinaisons. Nos corps épuisèrent toutes les formes que la géométrie du lit autorisait. Nous avions les mains pleines, les bouches avides, les culs en chaleur. Nous étions trois pompiers pyromanes nous allumant les uns les autres pour avoir le plaisir d'éteindre notre propre incendie. Ce que nous fîmes tour à tour en nous répandant. Je goûtai le sperme de Junior sur les lèvres de Jean. J'inondai le nombril de Junior. Jean fut le dernier à éjaculer. À genoux, au milieu du lit complètement dévasté, il riva son sexe au cul de Junior en ahanant. Junior, les jambes nouées à la nuque de Jean, les bras en croix, gémissait. Je le fis taire en nouant sa langue à la mienne. Jean se raidit, son regard se voila. D'un dernier soubresaut, il souleva le cul de Junior. Il venait à son tour de s'épancher.

Il s'allongea à nos côtés et exprima son contentement par une sorte de ronronnement. Après avoir repris haleine, il murmura :

– C'était quand même chouette, non ?

Junior s'essuya les cuisses avec un drap de lit et s'apprêtait à ajouter son commentaire quand on frappa à la porte. Je pris le drap des mains de Junior, le nouai à la hâte autour des reins pour aller ouvrir.

C'était Louis.

– Ah !... Je vois que tu es avec quelqu'un...

Le drap ne camouflait rien de mon état. D'ailleurs, aucune équivoque n'était possible. L'érection finissante que Junior et Jean arboraient n'aurait laissé planer aucun doute sur nos activités. Et puis Louis devait être familier de ce genre de situation. En tant que témoin ou acteur, au gré des circonstances.

– Que voulais-tu ?

C'est alors que je remarquai qu'il était accompagné du boy qu'il me destinait. Ce n'était plus une chambre mais une salle des pas – ou des culs – perdus ! Comme dans une mauvaise pièce boulevardière, allais-je cacher Junior et Jean sous le lit en criant : « Ciel, mon amant ! Cachez-vous, mes gitons ! » Trop, c'est trop. Je n'allais quand même pas me les envoyer en file indienne comme une putain dans une armée en campagne : Au suivant !

– Écoute, Louis ! Ce n'est pas possible maintenant. Je croyais t'avoir dit de l'amener après le dîner...

– Comme tu veux...

Puis il me souffla à l'oreille :

– Il te plaît ?

Apparemment oui. Malgré son mutisme et son air un peu ahuri. Il est vrai que je devais avoir un drôle de look, un drap en guise de Pampers, deux mecs à poil dans le lit défait… Tout comme il était vrai aussi qu'il ne venait pas pour réciter le rosaire ! Avec un sourire égrillard, Louis redescendit vers le bar accompagné de sa jeune recrue.

Alors que Junior paressait toujours dans le lit, Jean se leva pour enfiler son pantalon.

– Il est temps que j'y aille. Je dois préparer le dîner de Charlie…

Je me retrouvai seul avec Junior. Sa nonchalance, la façon languide avec laquelle il restait adossé au chevet du lit, les cuisses constamment écartées, le cul offert tandis que sa main droite baguenaudait distraitement autour de son pénis, tout incitait à ajouter une nouvelle page au chapitre. Mais si le jeune gaillard tenait visiblement la forme – la vigueur retrouvée de son jeune sexe ne laissait planer aucun doute sur ce point – ce n'était pas tout à fait mon cas. La marée précédente m'avait épuisé, je n'étais pas prêt à affronter une nouvelle tempête. Pour la forme, je m'allongeai à ses côtés, mais après quelques caresses, quelques suçons, je dus bien constater que l'ardeur n'y était plus et, plutôt que de baiser pour baiser, je lui proposai de venir dîner avec moi au *Copacabana*.

– Soi-même ?

– Oui, toi ! Si tu veux bien…

Sans le lui dire, j'espérais qu'après le repas, il viendrait pimenter la rencontre avec le boy que Louis me destinait.

Mais je n'étais pas au bout de mes surprises. Avant de partir, constatant qu'il ne me restait que quelques gourdes pour aller dîner, j'ouvris le secrétaire pour reprendre quelques dollars. Lorsque je voulus les glisser dans mon portefeuille, je constatai que celui-ci était à terre alors que je l'avais laissé sur le lit et que le dernier billet de cinquante gourdes avait disparu.

– Junior !

– Qu'y a-t-il ?

– Pourquoi as-tu fait ça ?

– Qu'est-ce que j'ai fait ?

– Tu le sais très bien…

– Je ne sais pas…

– Pourquoi m'as-tu volé ?

– Qui t'a volé ?

– Toi !

– Soi-même ?

– Qui veux-tu d'autre ? Il n'y a que toi et moi dans cette chambre. Il y a deux minutes, il y avait encore cinquante gourdes dans mon portefeuille sur le lit. Je retrouve le portefeuille vide à terre. Rends-moi le billet et j'oublierai ce que tu as fait !

– Mais je n'ai rien fait. Je te jure qu…

– Et ne me mens pas en plus !

– Tu peux fouiller si tu veux !

Un instant je fus tenté de le prendre au mot, de le déshabiller à nouveau, de lui palper son unique couille, de lui faire les poches et les fesses. Mais j'y renonçai aussitôt. Cinquante gourdes, c'était une somme ridicule. Je m'apprêtais à lui offrir bien davantage. Ce qui m'offusquait, c'était le geste. Comment pouvait-il me chaparder après les moments délicieux que nous venions de vivre ? N'étais-je vraiment qu'une pompe à fric ?

– Je ne suis pas flic et je n'ai pas l'intention de le devenir. Rends-moi l'argent et qu'on n'en parle plus !

– Mais puisque je n'ai rien pris !

– Junior !

Nos regards se croisèrent. Cela frisait le ridicule. Comment pouvait-il nier avec un tel aplomb un fait aussi évident. Ayant renoncé à la manière forte, je savais que je n'en tirerais aucun aveu. Seule la violence, peut-être, lui aurait arraché une confession. Mais j'aurais été bien incapable d'en user. Et puis cinquante gourdes ne méritaient pas un tel excès.

– C'est bon ! Garde les gourdes ! Mais ne remets jamais plus les pieds ici. C'est compris ? Tu peux ficher le camp maintenant !

Il se dirigea lentement vers la porte et s'apprêtait à sortir quand je le rappelai :

– Junior !

– Soi-même ? me fit-il en se montrant du doigt.

– Viens…

Il hésita, une main sur la poignée de la porte, prêt à bondir dehors…

– Cinquante gourdes, c'est beaucoup trop peu pour le moment que nous avons passé ensemble. Tiens ! Prends ça !

Je lui tendis quelques dollars. Il s'approcha en souriant.

– Tu n'es plus fâché ?

– Oh si !… J'aurais bien aimé recommencer. Mais tu as cassé ma confiance. Alors, *bye* !

Il partit en courant.

Un peu plus tard je sortis pour dîner. Les néons rouge vif et vert criard des bordels et des night-clubs s'allumaient déjà et déchiraient le crépuscule. Au *Copacabana* les prostituées papotaient dans la cour éclairée de lampions multicolores. À leur vue, je rebroussai chemin et entrai dans un petit snack voisin. J'y commandai une bière et un poulet.

L'homme qui me servit la bière s'assit à ma table. Il semblait encore assez jeune, la monture de ses lunettes était rafistolée avec du papier adhésif. Il était mal rasé et ses vêtements ne payaient pas de mine non plus.

– Vous êtes pressé ?

– Pas très… pourquoi ?

– On ne sait pas encore s'il y aura du poulet… Vous êtes français ?

– Non. Belge. Tu connais la Belgique ?

Il connaissait vaguement.

– Tu prends une bière aussi ?

Il avait voyagé en Europe, au Canada.

– C'était mieux qu'ici…

– Comment faisais-tu pour voyager ?

– Je travaillais sur un bateau… Maintenant je n'ai plus de travail. J'ai vingt-cinq ans. Deux bras et rien à faire…

– Je sais. Tu n'es pas le seul à Haïti. C'est triste…

– Et le gouvernement, il ne fait rien. Avant, on pouvait compter sur Jean-Claude. Mais maintenant qu'il a marié une bourgeoise, tout est foutu ! Tout est de nouveau pourri !

– Tu sais, en Europe, Haïti a toujours eu mauvaise réputation. On dit que c'est une dictature, qu'on tue, qu'on torture…

Il semblait hésiter avant de s'engager plus avant dans une critique en règle du système. Mais nous étions seuls dans un snack à attendre un improbable poulet. Les murs n'avaient pas d'oreilles...

– Un jour, tout ça changera... Ce sera difficile, mais il faudra que tout change. Ça ne pourra pas toujours continuer... Si tu as faim, tu peux aller dans un autre snack, un peu plus loin, à droite vers Carrefour. On y sert des sandwiches. Ici, il n'y a plus que de la bière...

– Tu m'accompagnes ? Je t'offre un sandwich.

Il accepta et nous continuâmes à remettre de l'ordre dans les Caraïbes. Au moment de le quitter, il me retint par le bras et me supplia presque :

– Si un soir tu as encore le temps, reviens au snack ! Je suis toujours là ou au supermarché en face.

Au *Tropical*, Louis m'attendait au pied de l'escalier avec le garçon aperçu plus tôt. Ce dernier manifestait toujours la même crainte et semblait à peine au courant des usages de la maison. Autant les autres étaient délurés, autant celui-ci était muet et passif. Son mutisme me désarçonnait. Lorsque je finis par obtenir qu'il me révèle son âge, un peu plus de quatorze ans, j'arrêtai les frais. Le sexe sans connivence n'est plus que du viol. J'allais l'inviter à sortir lorsqu'il murmura :

– Louis sera fâché...

– Pourquoi ?

– Si je pars maintenant, il saura...

Je lui proposai donc d'attendre tranquillement le temps qu'il fallait pour déjouer les soupçons de Louis. Mais il n'était toujours pas rassuré.

– Louis saura quand même...

– Comment ?

– Je n'aurai pas de dollars pour la commission…

Par bribes il me révéla que Louis ne se contentait pas de me faire payer ses services, mais qu'il rançonnait aussi les garçons à la sortie. Je lui glissai deux billets de cinq dollars.

– Un pour Louis. L'autre, tu le caches…

Il le glissa dans une de ses chaussures.

Au bout d'une bonne demi-heure, il sortit comme il était entré. Peureux et effaré. Je ne posai aucune question à Louis sur la manière dont il l'avait recruté et je le priai, à l'avenir, de ne plus me fournir des garçons de sa propre initiative.

Je me couchai finalement assez tôt et entamai la nuit comme j'avais terminé la précédente. L'oreiller ramené sous le ventre, j'imaginai Junior, la pulpe de ses lèvres menteuses. En quelques coups de boutoir, je lui forçais le train. Sa nuque prisonnière palpitait entre mes mains. J'allais lui arracher la vérité, le mordre jusqu'au sang, m'enfoncer en lui jusqu'à la garde…

Le plaisir survint. Vite. Saccadé. Je m'endormis, l'oreiller gluant, un drap entre les dents…

Chapitre V

JIMMY

La baie chavirait dans le crépuscule mauve. La terrasse du *Miranda* était très étendue et s'ouvrait sur la mer. Sa vastitude témoignait des soirs fastes, quand rhum et whisky coulaient à flots sous l'impulsion des dollars, quand les hôtesses noires ou créoles, aux robes moulantes et échancrées, menaient la danse sous les lampions multicolores.

Mais cet été-là les lampions étaient éteints. Quelques filles, pourtant, persistaient, désabusées, assises sur les hauts tabourets du bar, attendant malgré tout quelques solitaires en mal de tendresse et en rupture de chasteté. L'espoir les faisait vivre, mais les nourrissait-il ? Je m'étais installé avec Michel à l'extrémité de la terrasse en surplomb de la baie. Comme la nuit tombe vite sous ces latitudes, la négresse du bar, en prenant ma commande, avait apporté une lampe à acétylène qu'elle déposa sur une table contiguë à la nôtre.

Je me laissais cajoler par le vent, bercer par la rumeur océane. Michel fixait l'horizon en silence. Compagnon discret, j'avais vécu avec lui une journée paisible mais contrastée. De la fraîche opulence de Kenscoff à la misère torride de la Cité Simonne, j'étais passé du tourisme anodin à la misère poisseuse. Un cocktail pas toujours rafraîchissant que le temps décanterait sans doute… Et puis cette rencontre avec Jimmy, une voluptueuse parenthèse blanche dans ma lignée d'amours noires…

Tôt le matin, Michel m'avait rejoint au bar du *Tropical* et nous avions pris un taxi pour Kenscoff, sur les hauteurs de Port-au-Prince, dont l'immense marché vibrait à l'ombre claire des pins. Toujours cette abondance factice, cet amoncellement de fruits qui font les belles images exotiques, les fortes négresses qui portent sur leur fichu la moitié de leur potager, les rouleaux de cotonnades aux coloris vifs et chaleureux et les piles de vêtements de seconde main qu'on appelle ici les « Kennedy » parce que, sous l'impulsion généreuse du Président des États-Unis, de nombreux Américains avaient offert le trop-plein de leur garde-robe aux pauvres des îles. Des dons qui étaient rapidement entrés dans les circuits commerciaux et qui faisaient l'objet d'échanges lucratifs… J'étais intrigué par un tas de feuilles mortes qui s'avérèrent être du tabac à rouler en vrac, par de curieuses barres qui n'étaient ni de métal, ni de plastique, mais de savon, et qu'on débitait au décimètre… Rémouleurs, chiffonniers, baratineurs et bateleurs en tous genres hélaient la foule descendue des collines voisines ou montée des vallées profondes qui creusaient les mornes de Pétionville à Kenscoff, ces mornes dramatiquement érodés par un déboisement sauvage et excessif que le prix exorbitant du pétrole ne faisait qu'accélérer. Avec leur économie domestique axée presque exclusivement sur le charbon de bois, les Haïtiens transformaient inéluctablement l'île à la végétation luxuriante qu'avait découverte Colomb en une sierra pelée et aride. Triste destin dont le cheminement effarant se dessinait avec évidence au-delà des villas cossues de Pétionville.

Faute d'un reboisement efficace, chaque orage emportait la terre arable des collines, appauvrissant un peu plus le pays, qui massacrerait davantage d'arbres faute de pouvoir s'offrir du gaz ou du pétrole.

Mais Kenscoff ne se prêtait guère à la rumination de pensées apocalyptiques sur l'avenir de l'île. Mieux valait ne penser à rien et profiter de la fraîcheur revigorante de l'air.

– Tu verras là-haut comme il fait froid ! m'avait prédit Michel.

Moi, je trouvais cette bouffée de fraîcheur plutôt délicieuse comparée à l'étuve des rues de Port-au-Prince.

Comme au marché de la veille, les images se bousculaient dans le viseur de ma caméra. Images étonnantes que ces énormes corbeilles de latanier qui défient avec insolence toutes les lois de l'équilibre sur la tête des marchandes. Insolence aussi dans le sourire gouailleur d'un gosse chapardeur que les cris stridents d'une vendeuse de papayes n'émeuvent guère. Sourire enjôleur de cette gamine qui cherche à tout prix à me vendre des figurines taillées dans du bois couleur d'aubergine. Et puis cette bousculade de la foule qui piaille, gesticule et frémit autour de deux hommes qui veulent régler leur différend à coups de gueules, puis à coups de poings et qu'un Tonton-Macoute sépare sans beaucoup d'aménité.

Et puis, assis derrière des piles de galettes couleur de miel, ce gamin au jean effiloché, au tee-shirt sale, troué et trop court. Mais sous ces minables défroques se cache un véritable petit prince charmeur, aux lèvres entrouvertes, juste assez humectées pour être sensuelles, aux yeux vifs, pétillants et ravageurs. Et il a une façon si savoureuse d'étirer sa paresse, découvrant à chaque fois, entre le jean et le tee-shirt, un ventre au nombril provocateur.

– *Very nice, isn't it?*

Je me retourne vivement pour découvrir un jeune homme d'une vingtaine d'années. Blond, bronzé, et un sourire bleu ciel, résolu et désarmant, auquel je réponds par un bref:

– *Yes, it is!*

– Oh! *I see!* Vous êtes français?

J'opine, jugeant inutile de me lancer dans des précisions géographiques à propos de la Belgique.

– Les *boys* de ce pays sont très beaux... et très aimables. N'est-ce pas? *I wish you a very good trip...*

Et il disparaît dans la foule du marché.

Après Kenscoff, ses charmes et ses légumes, nous fîmes halte à Boutiliers. Halte obligée d'où l'on surplombe la capitale, sa baie et ses misères. Misères des bidonvilles dont les tôles miroitent comme pour rappeler aux voyageurs que, sous les cocotiers, il n'y a pas le rêve mais la désillusion.

À peine descendus du taxi, quelques marchands de babioles vinrent nous houspiller, mais sans trop de conviction. Comme pour se donner bonne conscience d'avoir quand même essayé de me vendre quelque chose. Deux autres compères proposaient de faire poser leurs coqs en avant-plan d'une imprenable vue de la baie. Des coqs trop beaux, trop gras, au plumage trop riche pour combattre dans les *gaguères*.

De Boutiliers, Michel me conduisit à la rhumerie Jane Barbencourt, autre escale obligée du touriste ordinaire que j'étais redevenu. La rhumerie la plus célèbre des Antilles se trouvait près d'une gigantesque carrière et, tout autour, l'herbe, les fleurs, les arbres, les murs, les routes, les gens, tout était couvert d'une fine pellicule ocre. Malgré ce décor peu engageant, la rhumerie, construite autour d'un patio ombragé, offrait un havre bienvenu. Et pour dessécher les gorges empoussiérées des visiteurs, des serveurs en uniforme jaune doré proposaient une quinzaine des meilleurs nectars des îles : rhum au parfum d'hibiscus, de mangue, de café, de vanille, de papaye, d'anis, de menthe…

– Hello ! Je vois que nous avons le même trip…

Le jeune Américain blond de Kenscoff arrivait, arborant toujours le même sourire très *clean*. Michel se poussa un peu pour lui faire une place à notre table.

– Je vous recommande la liqueur d'hibiscus. C'est un parfum très… comment dites-vous déjà ?… exotique !

Malgré quelques hésitations, il parlait un français très correct. Je le lui fis remarquer.

– Merci. Ma mère est française et j'habite New Orleans. Alors, vous comprenez…

Pendant que les serveurs remplissaient nos petits gobelets de rhum, nous fîmes plus ample connaissance. J'appris qu'il s'appelait Jimmy et qu'il avait vingt ans depuis trois jours.

– J'ai fêté ça avec quelques amis haïtiens. C'était terriblement génial. Vous aimez les *boys* ?

Le côté abrupt de la question me fit avaler de travers un excellent rhum au parfum de nougatine.

– *Sorry !* C'était peut-être indiscret ?

Pour se faire pardonner, il usa à nouveau de son sourire d'archange. Un archange sans doute déchu selon les canons en vigueur au Vatican, mais un archange qui pratiquait probablement les mêmes cultes que moi. Toutefois, plutôt que de lui répondre franchement, je lui retournai sa question. Manière très jésuitique de tremper son orteil dans les eaux troubles du péché en espérant que Jimmy y plongerait aussitôt sans arrière-pensée et m'y entraînerait.

– Et toi, tu les aimes ?

– Moi ! *Yes, of course !* J'aime la vie, j'aime tout ce qui est vivant ! Blanc, Noir, garçons, filles… La vie est trop courte pour faire des différences… À New Orleans, les filles me courent après, alors, pour me changer, je viens ici. Un ami de mon père possède une jolie villa à Pétionville…

Un peu plus tard, nous y débarquions. Comme je n'avais pas l'audace tranquille de Jimmy, je n'osai lui demander si l'ami du père n'était pas surtout l'amant du fils et si, en Louisiane, il n'y avait vraiment que les filles à lui faire la cour… Avec son look de jeune premier sportif, il devait faire des ravages dans tous les camps.

La villa était discrète, et ses murs blancs évoquaient davantage les îles grecques que les Antilles. Les baies et les arcades du balcon s'ouvraient sur les flancs de la colline et la luxuriance des jardins cossus de Pétionville.

Des fleurs rares, lourdes et sucrées bordaient les allées. Au bout d'un étroit escalier de pierres, une pièce d'eau scintillait entre les massifs mauves des frangipaniers.

– Du soleil, de l'ombre, de l'eau, des fleurs… C'est superbe ici! Tu as de la chance!

Pendant que Michel restait dans la villa avec un domestique noir que je n'avais qu'entr'aperçu, nous descendîmes, Jimmy et moi, jusqu'au bord de la pièce d'eau dont les carrelages de céramique évoquaient sans doute une scène de la mythologie grecque. Une sorte de Dionysos un peu gauche jouait de la lyre dans un décor de grappes et de pampres. D'une villa voisine nous parvenait, atténuée par les murailles végétales, la musique douce et primesautière d'un concerto pour flûte et guitare. Il faisait chaud. J'avais la gorge sèche, les tempes bourdonnantes. La chaleur se faisait lourde, exacerbait des désirs que je n'osais exprimer. Machinalement, je trempai mes mains dans l'eau. Elle était tiède. Je me redressai en me retournant vers Jimmy.

– Délicieuse! Juste à point pour…

Je restai sans voix, n'en croyant pas mes yeux. J'avais en face de moi un Dionysos *made in USA*, beaucoup moins gauche que celui de la pièce d'eau empêtré dans ses feuilles de vigne. Il m'offrait une image appétissante et rayonnante du jeune mâle américain, doré comme un maïs par le soleil des Caraïbes. Débarrassé de sa chemise et de son jean, c'était la pub idéale pour sa marque de slip, une pub croustillante à souhait pour faire saliver tous les vieux beaux et les jeunes belles de New York à San Francisco. Son sourire était toujours angélique, mais d'un ange carnassier, avec une auréole de cheveux blonds, des yeux bleu ciel d'une limpidité à noyer tous les péchés passés et à venir. J'étais sidéré et ébloui par la manière tranquille et sans détour, l'aisance avec laquelle il allait droit au but, comme s'il allait de soi que je n'avais accepté son invitation que pour élargir à la blanche Amérique la passion qui me jetait dans les bras des Noirs.

J'articulai presque péniblement :

– *You are a very nice boy!*

Il s'était approché de moi jusqu'à me toucher. Sans mot dire, il enserra ma taille de ses bras et me fit pivoter jusqu'à ce que mon dos s'ajuste parfaitement, comme une pièce de puzzle, à sa poitrine, son ventre, son sexe. J'avais le bonheur pantois et me laissai faire douce violence. Sa tête reposait sur mon épaule droite et je pouvais respirer le souffle mentholé de son haleine. *Hollywood chewing-gum!* Il avait renoué ses bras autour de ma poitrine et, doucement, tout doucement, ses mains se mirent à explorer mon torse, froissant le tissu de la chemise, l'extirpant petit à petit du pantalon et persévérant de boutonnière en boutonnière jusqu'à ce qu'elle se chiffonne à nos pieds. Je fermai les yeux. Dans le jardin voisin la flûte s'était tue, et la guitare seule rythmait l'air d'un tempo langoureux. Humides et tièdes, les lèvres de Jimmy s'amollissaient sur ma gorge. À chaque pulsation de son sexe, j'éprouvais la réalité et la vigueur de son désir. Sans hâte, je guidai ses mains vers mon pantalon. Je me mordis les lèvres et un tressaillement me crispa des fesses à la nuque lorsque ses doigts firent glisser la fermeture Éclair et que ses ongles crissèrent sur mon slip, du haut en bas de ma verge tendue. Pour ne pas être en reste, et pendant que ses attouchements me faisaient raidir davantage de plaisir, je passai les mains derrière moi et me mis à besogner sa masculinité exubérante. En fait, dans l'état d'érection où il était déjà, son pénis débordait largement de son mini-slip et, d'un coup de reins, il vint le loger dans la conque accueillante de mes mains. Le souffle de plus en plus court, nous nous manipulions de plus en plus vite. Contre mon dos, je sentais battre son cœur de plus en plus fort. La flûte et la guitare entamaient de concert un allegro guilleret qui concordait harmonieusement avec l'allure de nos déhanchements. Jimmy happa un grand bol d'air avant de succomber en haletant :

– *Now ! Now ! I am cumming !*

Et il se laissa glisser le long de mon dos. L'ange blond était repu. J'avais les mains gluantes mais le sexe toujours rude. J'enlevai prestement ce qui me restait de vêtements. Je n'eus pas à forcer Jimmy pour qu'il se couche. Ventre à ventre, il ne me fallut que quelques soubresauts pour que je me répande à mon tour. Au parfum d'amandes des frangipaniers se mêlait l'odeur pénétrante du sperme qui nous barbouillait le ventre, les fesses, les mains. Après avoir retrouvé notre souffle nous pouvions enfin, le corps apaisé, nous laisser rouler dans la pièce d'eau peu profonde dont la fraîcheur tiède nous reposerait de nos ardeurs. Nous nous ébrouâmes dans de grandes éclaboussures. Une sorte de bonheur animal imprégnait l'atmosphère. Je ne comprenais pas et ne voulais pas savoir pourquoi Jimmy avait jeté son dévolu sur moi. Plus je le contemplais, plus je mesurais ma chance. Il avait vingt ans à peine. J'en avais presque le double. Il pouvait exhiber son corps sans honte ni pudeur. Il avait pour lui le prétexte de la beauté et l'excuse de la jeunesse. Je ne pouvais qu'envier ce corps, cette insolente santé, l'arrogante sensualité qui exsudait de sa poitrine emperlée d'eau, des aréoles mauves qu'il se caressait avec une nonchalante volupté. J'étais jaloux de ce sexe dodu prêt à saillir à nouveau de son nid crépu, de ses longues cuisses bronzées qu'il écartait avec, dans le regard, un éclat provocateur. Il se savait beau et usait de l'impact de chacun de ses gestes pour doser le degré d'excitation de ses amants. J'aurais voulu être un Michel-Ange pour en sculpter un David et me rassasier pendant des jours de son anatomie, pour éprouver la texture de chaque muscle, l'arrondi d'une épaule, d'un genou, les nervures qui rejoignaient l'aine en un V triomphant.

Il se retourna, offrant à mes sens en chamade un fessier digne des splendeurs de Sodome, et, les mains en porte-voix, il appela :

– Jeremy !

Quelques instants plus tard, le domestique était là, les bras chargés de serviettes-éponges comme s'il avait épié toute la scène en attendant l'appel du maître des lieux. Mais Jeremy n'était pas seulement un porte-serviettes. C'était aussi un fruit délicieusement juteux, à point pour être croqué. Sa démarche combinait tout à la fois souplesse, félinité et nonchalance. Une sorte d'indolence un peu canaille dans le regard et des lèvres charnues ouvertes sur un sourire moqueur. Il était vêtu, si l'on peut dire, d'un minuscule pagne orange noué autour des reins. C'était presque une incitation au viol. Et il allait m'offrir un petit aperçu de ses talents en procédant avec une conscience manuelle peu commune à mon essuyage. J'en eus à nouveau le sexe si raide que Jeremy crut utile, dénouant son pagne, de m'offrir ses services pour que je me soulage.

Hélas, je n'avais plus vingt ans, ni la vigueur de Jimmy. J'ébauchai toutefois quelques caresses, histoire de lui prouver qu'il ne me laissait pas indifférent. Preuve superfétatoire car, avec ses mains baladeuses, Jeremy avait certainement dû constater que j'avais le sexe au garde-à-vous depuis que nous nous tripotions. Certes, le désir me brûlait le ventre à nouveau, mais je craignais de ne pouvoir mener ce nouvel assaut jusqu'à son terme logique. Autant je venais de jouir avec Jimmy, autant j'appréhendais la panne sèche malgré la bonne volonté évidente de Jeremy. Aussi, plutôt que d'essuyer un échec sous les yeux de Jimmy, je préférai renoncer à cette dernière lutinerie.

– *You are a lovely boy, Jeremy! But I am a little tired...*

– On ne dirait pas pourtant, fit-il en donnant une nouvelle caresse à mon sexe brandi.

J'avais le secret espoir que Jimmy, lui, relèverait le défi que je n'avais osé assumer. Avec sa superbe et l'ardeur toute juvénile de sa *love-machine*, il ne devrait pas s'encombrer de scrupules ou de doutes. Il avait encore la chance inouïe de se croire invincible et d'avoir confiance en ses propres prouesses. Devina-t-il mon souhait ? J'avais en effet à peine libéré Jeremy que Jimmy l'invitait :

– *Come on, Jeremy!*

Médusé et ravi, j'assistai à leur rituel amoureux. Rituel est bien le terme propre car il y avait une telle connivence dans leurs gestes, une telle complicité dans leurs caresses, que ce ne pouvait être que le fruit d'une longue pratique. Jeremy s'était agenouillé devant Jimmy et avait approché ses lèvres de son ventre pour une ardente communion. Les doigts de Jimmy se crispèrent dans les cheveux de Jeremy lorsque celui-ci, étreignant les fesses du jeune Américain, referma la bouche sur sa virilité. Il y avait quelque chose de sacramentel dans leur gestuelle, une sorte de plénitude qui embrumait leurs regards et m'arrachait des frissons. J'avais le sentiment de jouir par procuration et qu'ils s'offraient en spectacle pour exorciser la peur qui m'avait fait renoncer au plaisir. Mes doigts, instinctivement, se renouèrent autour de mon sexe.

Jeremy se laissa basculer lentement vers le sol, la bouche toujours soudée au ventre de Jimmy qui, comme dans un ballet classique, s'affaissa sur son partenaire. Increvable Jeremy dont la bouche salivait, s'épanouissait, s'arrondissait et coulissait en va-et-vient plus fébriles. Et comme il bandait, le salaud ! Et puis, tout se déroula très vite. Un spasme plus violent parcourut le dos de Jimmy. Les jambes repliées de Jeremy se tendirent, il cambra son dos, sa nuque, son sexe qui gicla. Jimmy gémit et se laissa rouler sur le flanc, les yeux écarquillés. D'une main molle, il continuait à caresser Jeremy. Jeremy qui déglutit et s'essuya les lèvres maculées de sperme. J'étais tombé à genoux. Sur le dallage de pierres, entre mes cuisses, une auréole humide témoignait que moi aussi, je venais de me répandre…

– *You see ! You are not as tired as you think !*

Jeremy partit d'un long rire, renoua le pagne autour de sa taille et disparut comme il était venu, succulent d'indécence.

– Il est chaud comme le soleil et doux comme la nuit…

C'est sur cette jolie image de Jimmy que nous nous résolûmes à rejoindre Michel dans la villa.

La tête un peu grise et l'âme un peu vague, je quittai définitivement les hauteurs de Port-au-Prince.

Michel, d'une remarquable discrétion, ne fit aucune allusion à ce qu'il avait dû deviner sinon apercevoir de la villa.

Après avoir partagé une énorme platée de spaghetti dans un restaurant du boulevard Truman, je repris ma chasse aux images.

Michel voulut me montrer le vieux port, ses rafiots de bois alignés le long d'un quai aux planches disjointes, au bout d'un vaste bidonville, la Cité Simonne, du prénom de l'épouse de Papa Doc. Hommage irrévérencieux ou illusions perdues que cette évocation de la mère toujours omnipotente de Jean-Claude Duvalier. Ici, la misère était ordonnée et les rues tracées en équerre. La touffeur me faisait regretter la douceur un peu froide de Kenscoff. La poussière était grise et collait à nos peaux moites. Elle salissait tout et assombrissait encore un des quartiers les plus sinistres de la ville. La cité était dépourvue d'égouts et, comme elle était bâtie sur une immense lagune, on ne pouvait pas compter sur les orages pour évacuer la crasse des fossés. Aussi, pas de fossés ! Mais comme ni la géométrie des lieux ni la misère n'empêchaient les gens d'avoir des besoins naturels, la cité disposait en son centre d'un immense merdier où les étrons séchaient au soleil. Apparemment, seuls les plus jeunes fréquentaient ces vastes chiottes communautaires, comme cette fillette marchant précautionneusement pour ne pas trop se crotter – c'est le terme le plus adéquat ! – comme ce gamin qui, debout, la culotte sur les talons, attendait que le soleil lui sèche le cul, ou cet autre, moins patient, qui recherchait parmi les détritus du papier hygiénique de seconde main…

À quelques centaines de mètres de là, sur le boulevard périphérique, des grands placards publicitaires proposaient des déodorants parfumés et des eaux de toilettes « félines » : Une femme, jeune et blanche, y affirmait en lettres géantes qu'elle était heureuse depuis qu'elle avait découvert les slips jetables. Ce devait être quelque part sur une autre planète, à des années-lumière de la Cité Simonne…

Quelques camionnettes surchargées soulevaient une poussière opaque et grinçaient à chaque cahot. Un chien, jaune, maigre et silencieux, fouinait autour d'un amas de ferrailles tordues et rouillées. Et puis, tache gaie au milieu de ce cloaque, les rubans rouges, noués à la sauvette, d'une fillette qui débitait une ritournelle en jouant à la corde à sauter. Sur le rivage, là où les eaux de la baie venaient mourir sur une grève de vase, l'armature abandonnée d'un bateau en construction, comme le squelette oublié d'un monstre préhistorique. Michel, à la fois proche et discret, me quitta soudain en me fixant rendez-vous à l'entrée de la Cité.

– Tu vois, là-bas, c'est la police. Normalement, on ne peut pas amener des touristes ici… Mais toi, tout seul, tu ne risques rien. Tu n'as qu'à dire que tu t'es trompé de chemin…

Je ne vis pas le moindre képi et retrouvai Michel un peu plus tard à l'ombre des immenses fagots de tiges mauves des cannes à sucre.

J'étais fourbu. L'air vif de Kenscoff, le rhum de Barbencourt, les « sexploits » de Pétionville, la touffeur moite et la misère de la Cité Simonne avaient eu raison de ma résistance. Je rentrai donc au *Tropical* où je ne tardai pas à sombrer dans un sommeil béat. Vide. Sans rêves. Sans sexe et sans misère. Un vrai paradis catholique.

...Et maintenant la nuit était maîtresse de la baie. Quelques lumières tremblaient sur les plages. Maigres feux de bois ou ampoules qui distillaient avec parcimonie un peu de clarté. Parcelles de lumière que les vagues captaient et multipliaient.

Michel, d'une voix un peu âpre et amère se mit à me parler de son faubourg, Martissant, du taudis dont il faudrait payer un loyer excessif avant la fin du mois. Si pauvre soit-elle, la terre de Port-au-Prince finissait toujours par arrondir les mêmes escarcelles. Michel avait vingt ans. Comme Jimmy. Pas de travail fixe. Plus de père. Mort peut-être – on meurt si jeune sur cette île – ou « placé » avec une concubine plus jeune, aux hanches plus minces et aux seins plus gaillards que ceux de la mère de Michel appesantie dans la quarantaine, les hanches larges, les seins mous et le ventre las de tant et tant de grossesses. Plus de père mais un loyer à assurer pour quelques mètres carrés de terre battue, de tôles piquées de rouille. Il n'en parlait pas, mais j'imaginais l'odeur aigre des corps entassés, de l'urine du dernier-né, des règles de la jeune sœur, du beurre un peu ranci et de la soupe froide. J'imaginais la nuit, les pleurs lancinants d'un bébé malade, les rots, les pets, les ronflements d'un voisin ivrogne, le tonneau vide qu'un rôdeur cogne, le chien errant qui aboie furtivement et, périodiquement, la sarabande des chattes en chaleur. J'imaginais la pluie d'orage, les eaux tumultueuses qui ravinaient les mornes, débordaient des fossés puants, envahissaient le bidonville... Une eau brune, boueuse, merdeuse. J'imaginais les matins blêmes, les visages chiffonnés et les bras gourds après les mauvaises nuits...

– Je dois t'ennuyer avec mes histoires de loyer.

– Mais non, Michel... Tu veux encore un Coca?

– Non! Je ne veux plus rien...

– Tu ne veux pas dîner?

– Non, non. Je t'assure...

Pourtant, j'étais sûr qu'il avait faim. Mais il s'obstinait à refuser mon offre. Je compris plus tard qu'il voulait me coûter le moins cher possible pour que je ne puisse écorner son salaire en évoquant des repas, des boissons. L'obsession du loyer lui verrouillait l'appétit.

La tenancière m'apporta une énorme sarde couchée sur un lit de frites, le tout accompagné d'un plat de salades et de riz. De quoi me nourrir pendant deux jours.

– Écoute, Michel: il faudra que tu m'aides à manger tout cela. Débrouille-toi pour trouver des couverts.

Alors qu'il venait à peine de refuser mon invitation, je ne dus pas lui répéter ma proposition. Il fila vers le bar à la recherche d'un couteau et d'une fourchette.

– Hello! Bonsoir! Tu vas bien?

Je me retournai, surpris d'être interpellé. Une putain s'était approchée, lasse sans doute de faire le pied de grue autour d'un bar sans client. Je reconnus aussitôt une des deux filles qui dansaient la veille au soir sur la plage de Mariani, non loin du *Miranda*. C'était la plus moche des deux. Vraiment pas de quoi me faire bander. Comme j'avais envie de dîner en paix, je coupai court à toutes les avances qu'elle aurait pu me faire.

– Tu sais, je ne suis pas meilleur client aujourd'hui qu'hier. Mais si tu veux une bière, je te l'offre...

Elle s'était appuyée à la rambarde qui bordait la terrasse, le dos à la mer. La lampe à acétylène aiguisait davantage la dureté des traits de son visage. Sous sa jupe vert pomme, largement fendue, elle croisait et décroisait les jambes.

– Assieds-toi donc !

Je fis un signe vers le bar.

– Si ça ne te fait rien, j'aimerais mieux un consommé...

– Un consommé ?

J'imaginais un quelconque cocktail aphrodisiaque ou quelque remontant à base de liqueurs tropicales. La fille me détrompa.

– Oui... Un potage... C'est le même prix que la bière...

Le prix m'importait peu. J'hésitais entre le rire et la compassion. Au cinéma, dans les romans, les filles de bordel carburent au champagne ou au whisky. Pas au potage. Pour qu'une putain quémande de la soupe, fallait-il qu'elle ait faim !

Michel tardait à me rejoindre et la fille remarqua vite que je ne touchais pas au riz.

– Tu n'aimes pas le riz ?

– Si. Mais je le laisse pour Michel.

Elle devait sûrement connaître Michel. C'était la deuxième fois que nous nous rencontrions et je ne croyais pas beaucoup à la coïncidence.

– Et le poisson, tu le manges tout ?

Le poisson était délicieux mais je n'eus pas le cœur de refuser sa demande informulée.

– Je te laisserai ce que j'ai de trop !

Michel revint avec les couverts et la tenancière avec un consommé. Nous mangions en silence. Étonnante tablée ! De quoi inspirer le bon La Fontaine : le pédé, la pute et le paumé… Était-ce donc cela le charme envoûtant des nuits antillaises ?

J'offris la moitié de la sarde à la fille. Son sourire embellit un instant son visage dur. Cela valait bien toutes les passes du monde.

Je les regardais finir leurs assiettes. Michel, avec une croûte de pain, épongea jusqu'à la dernière goutte de sauce. Pas un grain de riz n'échappa à sa vigilance. De son côté la fille nettoyait les arêtes de la sarde avec méticulosité. Pas la moindre parcelle de chair n'y restait accrochée. Je crois bien qu'ils lorgnaient tous les deux mon assiette grasse avec ses miettes de viande et de frites. Ce ne fut certes pas un repas somptueux, mais une sorte de cène au cours de laquelle la faim des autres avait cessé pour moi d'être une notion abstraite pour devenir une réalité tangible au goût de sarde et de riz.

Vers dix heures, nous quittâmes le *Miranda* pour le *Péristyle,* tout proche, où se déroulait chaque soir un spectacle vaudou. Roulement de tambours, danses effrénées, signes rituels. Braises rougeoyantes que les initiées piétinaient ou croquaient à belles dents. Poulet qu'on égorge, *clairin* qu'on recrache en flammes vives. Le spectacle ne manquait pas d'impressionner. Mais ce n'était qu'un spectacle auquel on assistait en sirotant qui un rhum, qui un whisky. Les mêmes scènes transposées dans un cadre plus authentique au cœur des hameaux sur la montagne frapperaient sans doute davantage.

Vers minuit, je retrouvai le *Tropical* pour une brève nuit. Le lendemain, aux aurores, je devais partir avec Charlie et Jean Ti-Bois vers les eaux miraculeuses de Saut d'Eau…

CHAPITRE VI

JEAN-GUY

Cela faisait deux jours que j'avais quitté Michel. Un Michel fort amer et marri de ne pouvoir m'accompagner à Saut d'Eau et au Cap. Nous nous étions séparés après la soirée vaudou sur une vague promesse de retrouvailles après mon voyage au nord. Mais comme nous n'étions convenus ni de l'heure ni de l'endroit du rendez-vous, je doutais fort que nous nous revoyions.

Le lendemain aux aurores, Jean Ti-Bois avait dû me secouer pour me réveiller.

– Hé! As-tu oublié qu'on allait à Saut d'Eau? Charlie est déjà prêt, tu sais…

N'étant pas un maniaque de la toilette, je descendis rapidement, avalai à la hâte un bol de café et grignotai un toast grillé.

Nous partîmes avec la Toyota et le chauffeur qui était venu me chercher à l'aéroport. Jean Ti-Bois m'accompagnait comme convenu. Mais Charlie était aussi de la partie. Nous étions le 16 juillet, journée du traditionnel pèlerinage à Notre-Dame de Saut d'Eau. Charlie aurait eu tort de se priver du voyage puisque c'est moi qui payais pour rouler dans sa propre voiture.

À cette heure très matinale, la traversée de Port-au-Prince ne prit que quelques minutes par les avenues encore désertes. Par contre, au sortir de la capitale, après un contrôle militaire, la route de Mirebalais était déjà fort encombrée de véhicules surchargés de pèlerins. La route était assez accidentée et sinueuse. Mais cela ne ralentit pas l'allure de notre chauffeur. À fond de train il enfilait les lacets, doublait les *tap-tap*, franchissait les gués. Plus d'une fois, je fermai les yeux en espérant qu'un chauffeur aussi fou que le nôtre n'arrivait pas en face.

Vers le milieu de la matinée, nous entrions dans Saut d'Eau. Saut d'Eau Villebonheur pour être complet. Une façon bien poétique de désigner une ville tributaire d'une cascade miraculeuse. Pèlerinage contesté, Saut d'Eau était un mariage mystique de catholicisme populaire et de vaudouisme ancestral.

Une histoire qui commence on ne sait trop quand, au XIXe siècle.

Comme beaucoup de Nègres des montagnes, Fortuné avait un mulet. Bête de somme, bête à tout faire, c'était son unique richesse. Et voilà qu'un jour de juillet, il eut beau crier, hurler, user de menaces ou de flatteries, questionner les voisins, harceler les passants, rien à faire : la bourrique avait disparu ! Les traces du mulet se perdaient sur le chemin qui menait vers la Tombe, la rivière bien nommée qui tombait en un vaste saut du massif rocailleux vers la vallée en contrebas. La végétation de la colline était luxuriante et épaisse. La touffeur invitait plus au farniente qu'à l'exploration des sous-bois. Arrivé près du ruisseau en amont de la cascade, Fortuné s'installa au pied d'un palmier et noya son amertume dans une grande goulée de *clairin*. La fatigue et la chaleur aidant, il s'assoupit. Lorsqu'il se réveilla, il voulut se rafraîchir dans l'eau claire du torrent. Il allait se pencher pour s'asperger d'eau lorsqu'il fut ébloui, comme si quelqu'un de l'autre côté de la vallée jouait avec un grand miroir. Intrigué, les mains en visière, Fortuné remarqua que cette brillance provenait du sommet d'un palmier en aval de la cascade. Du sommet! C'était pas Dieu possible qu'un homme aille faire le singe là-haut! Et avec un miroir en plus! Déjà que les miroirs étaient rares dans les *cailles* disséminées sur la montagne! Alors, en plus, risquer de le casser pour faire le guignol! Apeuré, Fortuné se préparait à fuir lorsqu'un cri familier retentit au pied du palmier. Son mulet! Mais comment était-il arrivé là? Et cette lumière? Mais ce n'était pas qu'une lumière. Elle avait un visage, une sorte de voile translucide. Elle ressemblait, mais oui! à la Vierge de la petite chapelle du village. Pas de doute: c'était bien Notre-Dame de la Merci qui lui avait rendu son inestimable mulet.

Rentré au village, il n'eut de cesse de mettre tout le monde au courant de sa merveilleuse rencontre et du miracle qui lui avait permis de retrouver sa bête. Et les villageois de se rendre en procession vers le palmier miraculeux au sommet duquel d'aucuns aperçurent eux aussi une étrange lumière venue d'ailleurs. Il fallait prévenir le prêtre!

Une Vierge miraculeuse? En pleine brousse! Allons donc! Fortuné avait une fois de plus abusé de la bouteille de *clairin* qui ne le quittait qu'une fois vide! Le clergé local ne voulut rien entendre et le curé du lieu fut prié de détruire cet arbre, objet d'idolâtrie. Pas question de l'abattre. Les villageois seraient accourus au premier coup de hache. Mais il y a des poisons qui, à fortes doses, font périr les arbres trop envahissants. Tous les mauvais voisins savent cela ! Mal lui en prit, car le palmier résista aux poisons que le prêtre tenta de lui injecter. Par contre, l'ecclésiastique, à force de manipuler des produits chimiques sans trop de précautions, finit par tomber malade et perdre la raison en même temps que le combat contre le palmier marial. Pour les villageois, cela ne faisait plus de doutes : la folie du prêtre, c'était la punition de Dieu. Ou des Dieux. Car si les curés n'en voulaient pas, les sorciers vaudous étaient prêts à prendre la relève. Les *loas,* ou esprits des lieux, n'auraient pas les scrupules du Saint-Esprit. Le palmier et la cascade devinrent rapidement célèbres à des lieues alentour et les pèlerins affluèrent, vaudous et chrétiens mêlés. Car l'Église, pour ne pas laisser le monopole du culte aux sorciers, toléra le pèlerinage et y construisit un sanctuaire dédié à Notre-Dame de la Merci, la Vierge de la petite chapelle que Fortuné avait cru reconnaître. Bien entendu, officiellement, il n'y a jamais eu d'apparitions à Saut d'Eau.

Villebonheur ! Les pèlerins y affluaient de partout en cette journée commémorative. À pied, avec un baluchon sur la tête ou les épaules, à dos de mulet (depuis Fortuné la vie n'avait pas vraiment changé pour les gens des montagnes), sur des chevaux qui piaffaient entre les autos, les camions et les *tap-tap* qui dégorgeaient leurs flots de croyants à l'entrée du village. Des croyants de tous bords car, ici, les chapelles votives et les cierges faisaient bon ménage avec les gris-gris et les amulettes. Le chapelet et les dents de vipère, les médailles et la poudre de zombi. Les soutanes noires ou blanches croisaient sans les voir les griots chamarrés de colliers et de pendentifs porte-bonheur qui récitaient leurs mélopées envoûtantes sur un rythme de *méringue*. Violons de fortune, crécelles, flûtes de bambou répondaient aux échos des orgues et de l'harmonium de l'église. Les chants vaudous se fondaient dans les cantiques mariaux. L'église moderne, construite un peu en dehors du village, avait fait le plein de fidèles, et son parvis était envahi d'une foule empreinte d'une piété très spectaculaire. Du balcon de l'édifice un prêtre chantait des *Ave Maria* que la foule reprenait en chœur, se balançant lentement et brandissant des bougies allumées, des images pieuses à l'effigie de la Vierge. La chaleur implacable ne rebutait personne et de nombreux prêtres officiaient, confessaient, distribuaient la communion, bénissaient des enfants, des chapelets, des médailles, mais aussi des objets plus usuels comme des transistors, un vélo, une montre-bracelet… À quelques mètres de là, les *houngans* imposaient les mains, prédisaient l'avenir et vendaient des cordelettes miraculeuses qui protégeaient de la déveine. Autour d'un sous-bois, quelques belles-de-nuit, venues exprès de Port-au-Prince, offraient leur trop-plein d'amour aux pèlerins en manque. Elles étaient vraiment partout! À un jet de pierre de leur claque mystique, un chemin de croix particulièrement ardu offrait aux pénitents l'occasion de s'écorcher les genoux en effaçant leurs péchés.

Oublierai-je cette femme qui battait sa coulpe en s'accusant à haute voix, dans un créole savoureux, d'avoir trompé son mari en prenant son pied avec un jeune amant. Bien punie qu'elle était! Son mari était mort de chagrin et son amant l'avait délaissée pour une jeunette. Une autre, les genoux en sang, pleurait en silence. Et ces trois mioches qui jouaient à cache-cache entre les stations. Et cet autre qui pissait consciencieusement sur un soldat romain…

Un groupe de femmes, les seins au vent et des ballots de lessive sur la tête, déboucha d'une ruelle.

– Je crois que la cascade, c'est par là, suggéra Jean Ti-Bois.

Ce n'était pas la cascade, mais un gué fortement fréquenté. Sur l'autre berge, deux femmes y achevaient leurs ablutions et me hélèrent pour que j'immortalise sur la pellicule leurs anatomies pourtant quelconques. J'y ajoutai quelques jeunes arsouilles qui, à ma vue, mimèrent de grotesques accouplements tout en s'éclaboussant vigoureusement.

Ce n'est qu'une bonne heure plus tard que nous découvrîmes la cascade à plus d'un kilomètre en amont du village. Le chemin qui y conduisait était ardu et fort peu ombragé. J'y suai toute la bière que j'avais bue à une échoppe de Villebonheur. Mais la course valait son pesant de transpiration.

Cachée dans les grands arbres, la chute d'eau ne se voyait pas de loin. En cette heure chaude de midi, les pèlerins baigneurs n'y étaient pas trop nombreux. La rivière se jetait en effet du haut de la colline et l'eau tombait d'un jet comme une vaste draperie translucide avant de s'éparpiller en multiples cascatelles et ruisseaux qui se rejoignaient en aval pour reformer le cours d'eau que nous avions croisé auparavant. Les arbres et les rochers formaient comme une grotte verticale dont le fond était une sorte d'escalier géant aux marches lisses, usées et polies par les eaux. Tout cela brillait, scintillait au gré des jeux du vent, des feuillages et du soleil. Il y faisait délicieusement frais.

Ici, on se baignait pour le plaisir, à cause de la fraîcheur, mais aussi pour se laver, profitant de cette douche abondante et puissante. Pour prier aussi, se protéger, laver ses péchés et la déveine. Les offrandes aux pieds des arbres-*loas*, les cordelettes attachées aux *mapou*, les arbres sacrés, témoignaient du caractère mythologique de l'endroit. Quelques bougies achevaient de se consumer sur les grosses pierres des berges de la rivière. Jean avait enlevé son short et prenait déjà son bain miracle. Je le suivis avec mon matériel photo pour essayer de saisir un peu de la magie de l'endroit. Ce n'était pas la même opulence sensuelle qu'à la Rivière Froide. Ici, l'érotisme au parfum d'eau bénite avait une plus grande discrétion. Oh! il y avait bien quelques jeunes filles qui lustraient leurs poitrines de cette eau virginale et des boys en petite tenue s'ébrouaient à tous les étages de la cascade. Mais l'ambiance, bon enfant certes, avait quelque chose de mystérieux, de secret. La chute d'eau irisait toute la caverne d'une sorte de pureté sauvage que les pèlerins respectaient en évitant les cris excessifs et les gestes dévergondés. D'aucuns remplissaient des gourdes de cette eau censée les protéger du malheur. Une vieille, assise sur une pierre plate au milieu de la rivière, se faisait masser la jambe à l'eau par un gamin, sans doute son petit-fils. Une autre encore, faute de pouvoir s'y déplacer, y trempait ses béquilles. Après tout, celle de Lourdes ne doit-elle pas d'abord sa vertu à la foi des croyants ? Et puis cette eau qui lavait les malheurs et essuyait les fautes, c'était quand même plus beau, plus symbolique, plus pratique et moins gênant que la confession. Une bonne douche après le péché, par cette chaleur, ça vous donnait presque envie d'en commettre...

Jean, purifié, sanctifié par son bain, se reposait au pied d'un palmier sacré au tronc ceint de dizaines de cordelettes, ces cordelettes que les baigneurs portaient généralement à la taille et qu'ils viendraient accrocher au tronc un an plus tard si l'année avait été bonne, sans déveine. Jean était visiblement heureux et ému. C'était son premier pèlerinage à Saut d'Eau. Il m'en savait gré et m'en fit part en quelques phrases laconiques. Je commençais déjà à regretter d'avoir engagé Louis et non Jean Ti-Bois pour le reste du séjour. Ah, s'il avait su conduire !

Le temps passait vite ; il nous fallait redescendre pour retrouver Charlie et le chauffeur. La chaleur avait diminué d'intensité et nous avions encore le temps de flâner, de cueillir au passage quelques images pour mes souvenirs. Toujours les mêmes direz-vous ? Pouvait-il échapper à mon objectif, ce grand gamin nu qui se trémoussait avec un énorme transistor sur l'épaule, ce jeune homme élancé qui dominait un groupe de marcheurs, le front ceint d'une double cordelette, et cette horde de muletiers qui dévalaient vers Villebonheur dans un grondement de western ?

Dans le village, c'était la cohue du retour. La nuit, les routes haïtiennes ne sont pas des plus sûres et l'éclairage des véhicules brille souvent… par son absence! Les *tap-tap* pour Port-au-Prince étaient pris d'assaut. Dans certains cas, cela frôlait la bagarre, et il fallait que le chauffeur y mette bon ordre à coups de ceinturon et de matraque. Saint-Michel, Saint-Pierre, Azulie et Mon Chou Chéri démarrèrent successivement en secouant des masses de poussière ocre. Nous finîmes par retrouver Charlie à la case où nous l'avions abandonné le matin. Il venait de faire ripaille alors qu'avec Jean nous n'avions consommé que deux bières avant de monter à Saut d'Eau.

Pressé, trop pressé, le chauffeur fonçait vers Mirebalais, doublait *tap-tap* et mulets sans se préoccuper de l'état de l'accotement. Mal lui en prit. Le fond de la voiture racla quelques pierres plus grosses et un tuyau d'arrivée d'eau du radiateur fut sectionné. C'est le constat que fit le chauffeur, quelques centaines de mètres plus loin, au bord d'un gué. C'était la panne! Il lui fallut près de deux heures pour rafistoler tant bien que mal le tuyau défaillant. Mais le temps ne me parut pas trop long car le gué était fort bien fréquenté par une bande de gamins qui s'y adonnaient à des jeux aquatiques agréables à regarder, en particulier, le plus âgé de la bande, un adolescent trapu monté sur un poulain blanc avec lequel il évoluait dans le bassin en amont du gué. Lorsque le flot atteignait les flancs du cheval, il lui caressait l'encolure et la bête se laissait glisser dans l'eau, entraînant le jeune cavalier dans son naufrage. Spectacle banal sans doute, mais comment décrire cette espèce de communion charnelle qui unissait le garçon presque nu et le cheval, cette connivence dans le jeu ? Et puis, il y avait le suspense pour deviner où ils allaient réapparaître, le poulain et son jeune ondin. Le manège se répéta à trois ou quatre reprises. À chaque fois, j'éprouvais le même plaisir sensuel à voir les pieds, les genoux, les cuisses, le nombril du cavalier s'enfoncer dans l'élément liquide, j'éprouvais le même soulagement à les voir ressusciter, toujours accouplés, statues d'eau et de sang. Et puis la panne attirait des curieux. Surtout des gosses dont les binettes ne pouvaient que tenter mon objectif. Cette halte impromptue me valut quelques photos que j'espérais superbes. Comme ce gamin au chapeau de paille, au profil princier, avec ses lèvres pleines encore de baisers à offrir, ses grands yeux cachou. Sa peau avait la couleur brique de la terre locale dont il était une sorte de roi. Roi sans couronne, mais certainement pas sans pouvoir.

Enfin, nous pûmes regagner Port-au-Prince par petites étapes. C'est qu'il fallait régulièrement remettre de l'eau dans le radiateur de la Toyota. Le chauffeur pestait. Mais, après tout, à qui la faute ? Peu avant de rejoindre la capitale, un orage bref mais particulièrement violent nous força à l'arrêt, si bien que ce ne fut qu'à la nuit tombée que nous réintégrâmes le *Tropical.*

Faute de pouvoir inviter Jean, qui avait été remis immédiatement au boulot par Charlie, c'est en solitaire que je soupai à la hâte dans une gargote des environs.

Demain serait le grand jour. Avec Louis, j'allais partir à la conquête du Nord !

Je fus vite au bout de mes illusions !

Peu après le petit-déjeuner, Charlie me fit dire que tout était en ordre, que la voiture de l'agence de location était dans la cour du *Tropical.* Je préparai mes bagages et Jean Ti-Bois, après m'avoir souhaité bon voyage, ajouta :

– Surtout fais attention à Louis ! Sois très prudent !

Étrange recommandation.

La voiture était une Daihatsu bleu marine. Elle n'était plus de première fraîcheur mais si elle roulait ! Avec l'employé de l'agence nous en fîmes le tour. Mes connaissances en mécanique étaient assez rudimentaires. Je fis constater, plus pour la forme que par conviction, telle griffure dans la carrosserie, tel coup sur le pare-chocs. J'écoutai distraitement le « mode d'emploi » du véhicule. Après tout, c'est Louis qui conduirait. Il me semblait bien nerveux ce matin-là, Louis, et son sourire plutôt crispé.

– Ça ira ? Tu connais la voiture ?

– Oui, oui…

Je signai donc les documents que l'employé me tendait, versai la caution par carte de crédit. Et vogue la galère ! Pas si vite que ça quand même…

– Il y a encore un petit réglage à faire pour l'arrivée d'essence. Nous allons passer par l'atelier de l'agence.

L'employé se mit au volant, Louis à ses côtés. Après avoir fait le plein, nous nous rendîmes dans une arrière-cour au centre de la ville : le garage de l'agence ! En quelques mots l'employé expliqua le pépin au garagiste et s'éclipsa. Une demi-heure plus tard, c'était OK. Le moteur tournait rond. Le garagiste me tendit les clés de la Daihatsu, je les donnai à Louis.

– À toi, Louis ! On y va !

Et je m'installai à ses côtés.

Il mit le contact et voulut démarrer. La voiture bondit en avant, bloqua, rebondit et cala net à la sortie de l'arrière-cour. Je venais d'assister au premier cours de conduite de mon soi-disant chauffeur !

Je hurlai :

– Les clés ! Louis ! Donne-moi les clés immédiatement et laisse-moi prendre le volant !

Il ne protesta pas, même pour la forme, visiblement soulagé de ne pas devoir pousser jusqu'au bout la plaisanterie.

N'ayant plus le choix, je m'engageai donc au volant dans les rues de Port-au-Prince. Toute l'appréhension que j'avais accumulée les premiers jours s'effaça aussitôt. C'était dimanche. Il y avait nettement moins de circulation. Et le trafic qui m'avait paru si anarchique en tant que spectateur semblait maintenant répondre à une logique depuis que j'étais au volant. Je pris la route qui longe la côte vers Gonaïves. Une voiture puissante nous dépassa en trombe.

– C'est Jean-Claude ! Tu as vu ? C'est Jean-Claude !

Louis trépignait. J'essayais de comprendre.

– Jean-Claude ?

– Oui. Le Président. C'est sa voiture ! Elle est formidable.

Dont acte.

Le voyage s'annonçait désormais paisible et sans histoire. Toutefois, au fil des kilomètres, la voiture commença à me révéler ses lacunes. Bien sûr, elle roulait. Elle roulait même très bien et je pouvais accélérer à mon aise sur la chaussée côtière presque déserte. C'est en voulant montrer à Louis que Jean-Claude n'était pas le seul à pouvoir rouler vite que je constatai que l'aiguille du tachymètre restait obstinément collée au zéro, que le compteur kilométrique était définitivement bloqué et que la jauge d'essence m'indiquait la panne sèche alors que nous venions de faire le plein. Pour agrémenter le tout, le volant se mettait à vibrer dès que j'atteignais une certaine vitesse. Mais laquelle? J'avais comme l'impression d'avoir été grugé quelque part. Mais, en attendant, il fallait bien faire avec.

Nous traversâmes l'estuaire de l'Artibonite. Un paysage de rizières ponctuées d'aigrettes blanches. À Gonaïves, la ville natale de Jean Ti-Bois, nous fîmes halte pour casser la croûte. Ensuite, il nous fallut quitter la côte et le Golfe de la Gonâve pour monter à l'assaut de la chaîne de la Belance par une excellente route qui, de larges courbes en virages aigus, nous conduisit au col de Puiburo à travers un paysage grandiose de montagnes pelées et de vallées fertiles. Je m'arrêtais régulièrement pour filmer et photographier. Louis, par contre, semblait s'ennuyer ferme. C'est que la voiture ne disposait pas de radio!

Dans l'après-midi, le dôme argenté de la cathédrale du Cap-Haïtien apparut au terme d'une longue descente dans la vallée du Limbé. La région semblait fertile, la vallée opulente, avec des plantations de bananiers et de cannes à sucre. Les berges de la rivière ne manquaient ni d'animation, ni de couleurs, comme toutes les rivières de l'île. Gosses nus et lavandières. Au Cap, j'avais réservé une chambre au *Roi Christophe,* un vieil hôtel historique de Cap-Haïtien. Cet ancien palais du gouverneur de Saint-Domingue avait survécu aux vicissitudes de l'Histoire. Pauline Bonaparte y avait vécu un an de passion avec son époux, le général Leclerc, envoyé là-bas pour y rétablir l'impérialisme français. Il y mourut, laissant l'île ouverte à toutes les aventures. L'hôtel avait conservé le cachet de l'époque coloniale. Chaque chambre avait son identité, sa marque historique et ses meubles anciens. Passer une nuit de noces dans la chambre de Pauline Bonaparte, voilà qui pouvait faire rêver les Caroline Chérie du XXe siècle ! Cela me changeait du confort rudimentaire du *Tropical*. Restait à voir s'il serait possible d'y introduire les fruits pimentés qui agrémentaient mon lit à Port-au-Prince…

Louis partit à la recherche d'un guide et d'un gîte moins coûteux. Nous devions nous retrouver après le dîner. Il me ferait visiter la ville et me présenterait le guide.

Ce fut Jean-Guy dont je fis d'abord la connaissance en l'absence de Louis.

– C'est toi qui cherches un guide pour demain ? Je m'appelle Jean-Guy. Je travaille avec les clients de cet hôtel… C'est Louis qui m'envoie…

Il avait l'air jeune, ce guide. Je lui donnais quinze ans, moins peut-être, même s'il en avouait dix-sept. Ce qu'il me confirma en sortant de son jean un document estampillé par l'office du tourisme local. Il m'expliqua que l'argent ainsi récolté lui permettrait de payer son minerval et de terminer ses études à l'école des Frères. Il était là, devant moi, appuyé contre une colonne de la terrasse du *Roi Christophe*. Une sorte d'assurance tranquille émanait de sa personne. On le devinait futé, débrouillard, malgré son apparence plutôt fluette. Et autoritaire avec ça ! Comme si cela allait de soi, il me fixa rendez-vous à sept heures trente, le lendemain matin.

– Pour visiter la Citadelle, il faut partir avant qu'il ne fasse trop chaud. N'oublie pas : je m'appelle Jean-Guy…

Et il disparut aussi simplement qu'il était apparu.

Comme il m'avait fixé rendez-vous pour le lendemain matin, je fus agréablement surpris de le retrouver avec Louis lorsque ce dernier vint me rejoindre après le dîner. Cap-Haïtien n'est pas Port-au-Prince et la vie nocturne y est des plus calmes. Nous flânâmes le long des quais déserts, nous flirtâmes un peu sur un banc en retrait dans un petit parc, juste assez pour allumer le sexe de Jean-Guy et découvrir du bout des doigts que son ventre n'était guère encombré de pilosité. Je découvrirais le lendemain qu'il avait pris soin – hygiène ou coquetterie ? – de se raser les poils du pubis. De quoi m'enflammer le plexus solaire. Mais pas question pour Jean-Guy d'aller au-delà de quelques attouchements, malgré les encouragements de Louis.

Petit futé, il venait de me ferrer comme un poisson, garantissant ainsi son job pour demain. Il savait que j'allais rêver de son cul cette nuit et que je n'aurais de cesse de le retrouver demain !

La soirée se termina sur la place de la cathédrale, en face de la statue de Toussaint Louverture. Sur un podium un orchestre clôturait le concert dominical par l'exécution de l'hymne national. Tous les hommes se mirent au garde-à-vous. Jean était juste derrière moi. Je me reculai un peu. Il avança jusqu'à me toucher.

– Demain… murmura-t-il.

Et pour que je ne doute pas de son patriotisme, il appuya davantage son ventre contre mes fesses. Il était bien au garde-à-vous !

Évidemment, je ne m'endormis pas sans avoir accompli le rituel que m'inspirait ce démon de Jean-Guy.

Je m'éveillai tôt et, lorsque Jean se présenta dans la cour de l'hôtel, j'étais prêt à le suivre n'importe où.

– Louis m'a dit qu'il ne viendrait pas ce matin…

Voilà qui m'arrangeait plutôt, même si je ne pouvais m'empêcher de constater que non seulement Louis ne savait pas conduire mais qu'en plus il n'était pas en mesure de me servir de guide.

Milot et la Citadelle du Roi Christophe ou La Ferrière figurent obligatoirement dans tous les circuits touristiques de l'île. Je ne pouvais donc pas y échapper. La personnalité même du Roi Christophe pouvait difficilement laisser indifférent. Despote impitoyable, caricature du souverain d'opérette, Christophe se fait proclamer roi du nord de l'île en 1811. L'Europe à la fois l'inspire et l'inquiète. Elle l'inspire lorsqu'il se fait construire à Milot, au pied de la montagne, une copie du palais Sans-Souci de Potsdam. Il en reste aujourd'hui quelques façades, des escaliers monumentaux qui se jettent dans le vide, une chapelle coiffée d'un dôme bulbeux noir. Dans le parc environnant, quelques pilastres à l'abandon, un buste de marbre qui évoque davantage Marie-Antoinette qu'une quelconque dame de la cour haïtienne.

Mais l'Europe l'inquiète aussi. Haïti vient d'arracher son indépendance, de faire sécession de Saint-Domingue restée sous domination française. Saint-Domingue, où le général Ferrand n'hésite pas à lancer une proclamation explosive qui rétablit l'esclavage dans ses aspects les plus odieux. Christophe se souvient de l'expédition Leclerc. Certes, la France est loin et a d'autres démons à combattre. Mais l'ombre de Napoléon plane sur les Antilles, et Christophe décide de construire un nid d'aigle, imprenable, sur les hauteurs de Milot. Inaccessible à tout charroi, c'est à pied, pierre par pierre, qu'il a fallu édifier cette gigantesque forteresse. Il faudra seize ans pour terminer ce symbole de l'absurdité humaine. Conçue pour résister indéfiniment et abriter des milliers de soldats, cette grandiose caserne n'a jamais affronté que le vent des cimes et les orages tropicaux. Des centaines de canons, des milliers de boulets y furent et y sont toujours entreposés. Mais à côté de cette entreprise démentielle, Christophe organise son royaume, encourage l'industrie, développe l'agriculture.

Sa fin ne manque pas de panache. Lâché par ses barons, il réunit sa famille dans la Citadelle où, après des adieux dignes des tragédies antiques, il se suicide avec la balle de pistolet en or qu'il portait en sautoir. Neuf années de panache et de folie sombrent ainsi dans le sang et l'or.

À Milot, je louai deux mules, un muletier et un guide. On me conseilla d'acheter un chapeau car la piste était longue et le soleil tenace. Et roulent les dollars !

Mais quel spectacle que cette montée vers La Ferrière ! La forêt au pied de la citadelle bourdonnait des stridences de mille insectes, du gazouillis de mille oiseaux. Ajoutez-y la musique lancinante de quelques tambourins, flûtiaux et maracas que des gosses essayaient de vendre autour de chaque *caille* établie le long du chemin. Et puis, brusquement, dans une déchirure de la forêt, un de ces nombreux brûlis qui finiraient par l'anéantir, sur son piton, plus haut que les nuages, la forteresse. Grandiose. Irréelle. Imprenable. Absurde. Mais d'autant plus fabuleuse. Il me faudrait plus d'une heure encore pour l'atteindre. Comme c'était mon premier voyage équestre, j'en avais le coccyx douloureux.

De la citadelle la vue sur la vallée aurait dû être « imprenable » comme on l'écrit dans les dépliants touristiques. Elle l'était au sens littéral du terme puisqu'une épaisse couche de nuages nous isolait de la plaine côtière.

Ce qui frappait d'emblée, en pénétrant dans la forteresse, c'était cet amoncellement inouï de boulets de canons sur tous les remparts. Complètement rouillés, ils attendaient depuis 1812 l'introuvable ennemi. Les liserons y développaient leurs vrilles et égayaient de rose ces énormes tas de ferrailles inutiles. Les canons, fondus sur place car il eût été impensable de les y acheminer, n'avaient tonné qu'une seule fois, un soir de violent orage. Christophe, furieux de ne pouvoir dormir, avait fait donner l'artillerie pour faire taire le tonnerre. C'était bien conforme au personnage. Quant à la poudrière, elle était partie en fumée à la suite d'une négligence : un officier y avait pénétré cigare au bec. Ce furent les seuls faits d'armes qui animèrent cette incroyable forteresse.

À l'époque on en restaurait certaines parties abîmées par les ans. Dans la cour centrale, des ouvriers défilaient avec chacun une pierre sur la tête ou sur l'épaule. Qu'y avait-t-il donc de changé depuis 1812 ?

Jean-Guy, qui n'en était pas à sa première visite et connaissait bien les lieux, vagabondait dans les galeries, les casemates et les nombreux remparts. Son sourire me permit d'enjoliver quelques photos malgré l'austérité des lieux.

À la fin de la visite, Louis nous attendait près de l'entrée de la forteresse. D'autorité, il emprunta la mule de Jean-Guy pour redescendre. Il commençait à m'agacer sérieusement, ce Louis !

À peine rentré à l'hôtel, il repartit aussitôt sans prendre la peine de fixer le moindre rendez-vous.

– C'est un vagabond ! Méfie-toi… me conseilla Jean-Guy.

Mais comme j'étais décidé à jouer mon va-tout avec ce dernier, l'absence de Louis m'arrangeait plutôt.

Comme convenu, Jean-Guy vint me retrouver une heure plus tard pour me conduire à la plage de Cormier. Les guides évoquaient pour la décrire une lagune de sable fin à l'ombre des grands arbres tropicaux. Pour atteindre cet éventuel paradis, il nous fallut d'abord tourner résolument le dos à la mer, ce qui m'intrigua :

– Où me conduis-tu, Jean-Guy?... C'est à la plage que je veux aller. Pas dans la montagne!

Pour la première fois, il marqua un peu d'humeur et me rétorqua assez sèchement:

– On y va! Je connais la route mieux que toi quand même!

Je me tus. Ce n'était vraiment pas le moment de l'horripiler. Et, effectivement, après avoir grimpé la colline qui dominait Cap-Haïtien, la route de terre redescendait en lacets poussiéreux vers l'Océan Atlantique et nous fîmes halte sous les frondaisons des eucalyptus.

La plage elle-même soulignait de sa blondeur l'arc parfait de l'anse et elle était assez peu fréquentée. C'était incontestablement un de ces petits paradis balnéaires pour dépliants de luxe où l'on peut bronzer tranquille et nager sans risquer de cogner à chaque brasse le coude ou le mollet d'un autre estivant. Mais il ne me fallut que quelques secondes pour me rendre à une autre évidence: cette anse trop parfaite ne recelait aucune enclave secrète susceptible d'abriter d'autres activités que la natation ou la sieste. Peut-être qu'au-delà des rochers gréseux qui fermaient la plage quelques petites criques ouvertes sur l'océan nous offriraient la douceur du sable et la discrétion souhaitées?

Las! Les rocs succédaient aux rocs, et rien ne laissait présager la moindre échancrure sablonneuse sur ce littoral hostile. Jean-Guy sautait comme un cabri sur les grosses pierres rugueuses, frôlait parfois la chute mais se rétablissait d'une pirouette. À force de le voir gigoter devant moi, j'avais de plus en plus envie de ce corps à la fois proche, accessible, mais inviolable sur ces rochers aigus ! Enfin, quelques pierres plus plates nous offrirent un havre précaire.

– J'aimerais faire quelques photos de toi. D'abord en maillot !

Le jean et la chemisette volèrent à mes pieds et Jean-Guy m'apparut tout sourire, délicieusement moulé dans un maillot rouge vif.

– Tu mets ton bras droit sur le genou... Regarde vers la mer...

– Couche-toi sur le dos et relève le genou. Pas comme ça ! Attends !

Je rectifiai sa position. Je pouvais enfin toucher cette cuisse, effleurer le maillot, juste assez pour jauger les réactions de Jean-Guy.

– Reste couché ! Écarte un peu les jambes ! Tourne-toi vers le soleil ! Mouille un peu tes lèvres avec ta langue...

Docile, Jean-Guy s'exécutait, offrant tour à tour à mon objectif son ventre plat, son dos bien découplé, ses cuisses, ses lèvres, son cul bien serré dans son maillot écarlate.

Après quelques photos anodines, je me mis à mon tour en maillot et proposai à Jean-Guy de tirer mon portrait, ce qui sembla le combler de joie. Je jugeai le moment propice pour lui proposer :

– Tu enlèves ton maillot... Juste pour faire encore quelques photos !

Une fraction de seconde je cessai de vivre. Allait-il obtempérer, confirmer les sous-entendus de la veille, allait-il entrer dans le jeu ou refuser de pousser plus loin la bagatelle ? Mais Jean-Guy ne manifesta aucune réticence, et c'est sans rechigner qu'il envoya le maillot rejoindre le jean et la chemise.

Ô délicieux et douloureux moment! Maintenant que les dernières parcelles de cocon s'étaient envolées, j'avais devant moi le corps à la fois vigoureux et charmant de mon papillon de nuit. La cambrure des reins, le modelé des lèvres, les genoux à peine ridés, le nombril doucement incurvé comme un sourire au creux du ventre, un ventre lisse ombré d'un léger friselis…

Il ne bougeait pas, appuyé contre les rochers. Il se tenait légèrement penché vers l'arrière, les jambes entrouvertes, et son sexe commençait déjà à sortir de sa torpeur et à s'éveiller au soleil.

La gorge sèche, je fis quelques photos puis ne me retins plus. Je m'approchai de Jean-Guy, le serrai contre moi. Mes mains tremblaient de fièvre, de bonheur et d'impatience en caressant son corps. J'embrassai son cou, ses tétons. Il se laissait modeler comme une pâte molle, les bras ballants. Lorsque j'enveloppai sa verge de mes doigts, nos regards se croisèrent.

– Tu veux bien?

Ses joues se creusèrent d'une fossette et un petit rire aigrelet fut sa seule réponse.

Je n'avais plus ni honte, ni pudeur. J'arrachai mon maillot. Je n'étais plus qu'un matou en chaleur. Mes soupirs, mes ahanements devaient lui sembler quelque peu ridicules. Peu m'importaient les griffures des rochers sur mes genoux, le soleil implacable qui torturait mon dos nu. Je ne vivais plus que pour satisfaire mon bas-ventre, dussé-je friser la démence…

– Retourne-toi!

Ce n'était pas un ordre, mais une imploration.

Toujours docile, Jean-Guy s'exécuta, et là, dans le fracas des vagues de l'Atlantique qui venaient se casser sur le rivage, je m'accolai à son dos, mon sexe se nicha au creux de ses fesses. Mes bras se refermèrent sur sa poitrine, agacèrent ses mamelons qui se durcirent, je lui baisai le dos, au creux des omoplates, mes lèvres remontèrent vers la nuque, les épaules, ma bouche se fit sangsue, lui arrachant un frisson qui se répercuta tout au long de l'échine, son cul se contracta autour de ma verge. Je poussai un cri rauque et j'éjaculai enfin.

J'étais momentanément apaisé. Jean-Guy se redressa. Une traînée de sperme lui descendait de la cuisse au genou. Il se laissa glisser prudemment au bas des rochers et plongea dans l'océan.

Avant de rentrer au Cap nous passâmes par l'hôtel de la plage où l'on nous servit une coupe de fruits que Jean-Guy dévora avec une sorte d'allégresse féroce. Maintenant que j'avais goûté à ses charmes, que j'avais senti sa verge se gonfler entre mes doigts, sa verge dont le gland rose était joliment orné d'une petite tache brune, que j'avais laissé gicler mon plaisir entre ses cuisses, je ne rêvais que de succomber à nouveau à la tentation. Seulement les rochers manquaient par trop de confort, la plage n'offrait pas assez de discrétion et je n'étais pas sûr que Jean-Guy accepterait de me suivre à l'hôtel. Or le temps m'était compté. Dès le lendemain, je redescendrais sur Port-au-Prince.

Je jouai donc le tout pour le tout en rentrant au *Roi Christophe.*

– Écoute, Jean-Guy, comme tu as été très chic avec moi cet après-midi, en plus des dollars, je voudrais t'offrir un cadeau. Tu viens le choisir ?

Ma proposition était cousue de gros fils blancs. Mais Jean-Guy n'hésita guère. Au contraire.

– Laisse-moi porter ton sac… Ferme bien les vitres de la voiture. Il va y avoir de l'orage.

De fait, le ciel, encore bleu lorsque nous avions quitté Cormier Plage, était maintenant couleur de plomb et un vent furieux secouait déjà les palmiers autour de l'hôtel.

– Et n'oublie pas de donner cinquante gourdes au garçon de la réception. Comme ça, il ne dira rien.

Ce n'était sûrement pas la première fois que Jean-Guy accompagnait un client à l'hôtel. De quoi m'ôter mes derniers scrupules si j'en avais eu.

Chacun jouait son rôle. Il était le guide prévenant qui portait mon sac en s'inquiétant de ma voiture. J'étais le bon paternaliste qui lui offrait un petit cadeau supplémentaire. Le maître d'hôtel glissa les gourdes dans la poche de son gilet, nous ouvrit les portes et me salua d'une courbette où je crus déceler un sourire de connivence. Arrivé dans la chambre, Jean-Guy s'attarda quelque peu devant les meubles d'époque et le secrétaire. La chambre était cossue sans être luxueuse.

– C'est joli ici…

Il fit coulisser les tiroirs d'une commode, joua avec l'interrupteur de la lampe de chevet. Il ne me semblait pas trop pressé de repartir et n'avait pas encore réclamé le cadeau.

– Si tu en profitais pour prendre une bonne douche ?

– *Yes, Sir!*

Je lui trouvai tout à coup un air goguenard et canaille. Au lieu de se déshabiller normalement, si j'ose dire, il effectua une sorte de strip-tease ravissant en sifflotant. Savait-il, le démon, qu'à chaque déhanchement il se rendait plus désirable ? Savait-il que lorsqu'il avait la tête prise dans la chemise, son nombril me lançait une sorte de clin d'œil narquois ? Avec une lenteur exaspérante, il se mit à jouer avec la fermeture Éclair de son jean, la faisant descendre et remonter au rythme d'une caresse de plus en plus provocante.

Je l'observais sans bouger, incrédule, trop heureux pour oser le moindre geste et briser le charme. J'avais les nerfs crispés et le sexe à nouveau en feu. Je devais avoir l'air béat, la bouche ouverte et sèche, le cœur en chamade et le regard vrillé sur ses doigts qui allaient et venaient, ouvraient et fermaient le sésame du plaisir, le fermaient de plus en plus difficilement, car à force de se caresser…

Lorsqu'il fut à poil, le sexe raide, il entama un pas de danse endiablé et se dirigea ainsi vers la douche. Je l'y rejoignis aussitôt que j'entendis l'eau couler. Le sol de la chambre était jonché de nos vêtements épars. Je lui murmurai avec un regard de vierge Saint-Sulpicienne qui devait friser le loufoque :

– Jean-Guy, tu es terrible… Tu es formidable… *I love you ! You are a very nice boy, a lovely boy…*

Je le savonnais en anglais. Je l'aurais fait en samoyède ou en kiswahili si j'avais dû… Je le sentis frissonner lorsque, avec le gant de toilette, je me mis à lui frotter la raie. Il répondit à mes caresses en s'appuyant davantage contre mon ventre, me faisant éprouver la vigueur toute juvénile de sa verge relevée. L'eau tiède de la douche n'amollissait pas nos ardeurs et, à force de nous frotter le dos et le reste avec du savon, nos pieds baignaient dans une épaisse couche de mousse.

– Ah ! Jean-Guy… Tu es vraiment bon, tu sais… Viens !

Il était bon au sens comestible du terme. Je le saisis par la nuque et l'entrejambe et le déposai tout mouillé, tout ensavonné sur le lit, à même la courtepointe brodée qui lui faisait comme un écrin d'ivoire ciselé. Dehors une pluie battante secouait les arbres, crayonnait les vitres.

Il s'étira, déployant bras et jambes, murmura :

– C'est bon…

– Et ça va être encore meilleur !

J'osais toutes les caresses sur sa peau humide et fraîche. J'osais la douceur, j'osais la tendresse. Je le sentais offert, ouvert. Comme une eau partagée, une moitié d'orange. Juteux. Je n'avais pas assez de mes bras, de ma bouche, de mon sexe pour toucher, palper, goûter au bonheur fragile et éphémère que je tenais là au creux du lit. J'aimais cet abandon quand il se laissait peloter, de la gorge offerte aux replis secrets de l'aine. Je voulais son plaisir, je voulais qu'il jouisse. Les genoux écartés, il avait le sexe dressé dans une superbe insolence. La tache brune qui fleurissait la corolle de son gland était épanouie. J'y jouai des doigts et des lèvres jusqu'à l'assouvissement où, dans un dernier halètement, il souffla :

– Encore !

Quel amant n'a rêvé d'un aveu aussi doux ! J'avais emmené Jean-Guy aux rives de mon paradis. Un paradis sans Dieu, peut-être, mais non sans bonheur. Un paradis de l'instant où l'éternité n'avait pas cours. Mais qu'est-ce que l'éternité quand on a pour soi la douceur d'un moment, le charme fugace d'un plaisir partagé ?

Jean-Guy s'abandonnait tout à fait, n'offrait plus aucune résistance, tous tabous renversés dans une même culbute. Éreinté, je me couchai à ses côtés et, après un soupir, je lui proposai :

– Vas-y, Jean-Guy ! *Fuck-moi,* s'il te plaît !

Il ne le saurait jamais mais il était le premier à qui j'osais le demander. Les autres, avec leur sexe virulent, me faisaient plutôt peur.

Jean-Guy s'allongea sur mon dos. Avec ses genoux, il écarta mes jambes, cracha dans ses doigts et humecta mon cul de salive avant d'accrocher ses mains à mes épaules. Je sentis son sexe à la fois dur et souple s'introduire au creux de mes fesses. Il y eut quelques va-et-vient de plus en plus rapides, de plus en plus courts, puis, dans un cri étouffé, un dernier coup de boutoir, sa verge me pénétra. Je mordis l'oreiller pour contenir un cri de bonheur douloureux.

– Jean ! Jean ! Jean !

Je n'étais plus qu'un corps accouplé qui gémissait sous les assauts du partenaire. Un coup de reins plus raide, et Jean-Guy s'affaissa sur mon dos.

– Regarde !

Il était fier de me montrer le sperme qui perlait encore au bout de sa verge. Je le léchai. Il gloussa. J'étais heureux, bêtement heureux, « animalement » heureux. Comme un fauve repu. Je venais de faire une ample provision de rêves pour le long hiver qui succéderait à l'été haïtien. Mes doigts glissèrent une dernière fois sur son ventre presque imberbe.

– Comment se fait-il qu'à ton âge tu ne sois pas plus poilu ?

Il s'étira en souriant.

– Ce n'est pas un secret. Je me rase de temps en temps. C'est plus propre et ça t'excite, non ?

Dire que je l'avais presque pris pour un enfant du bon Dieu encore innocent !

Jean-Guy se leva. Je le laissai fouiller dans ma valise à la recherche de cadeaux à sa convenance. Il jeta son dévolu sur une chemise et un tee-shirt. Il essaya la chemise, retroussant les manches un rien trop longues, s'admirant longuement dans la glace qui surmontait la commode. Il se dandinait, le cul nu, toujours aussi affriolant.

– Cette chemise, ce sera pour le mariage de ma sœur… Le tee-shirt, je crois que je vais le garder pour la rentrée scolaire…

Le miroir me renvoyait son sourire heureux. Après s'être rhabillé, il m'embrassa avant de me quitter, les chemises sous le bras, les dollars en poche. J'avais largement multiplié le tarif conseillé par l'office du tourisme. Il rayonnait.

– Merci ! Comme ça, demain, je vais pouvoir aller chez les Frères et payer mon inscription à l'école pour l'année prochaine…

Ah ! Les chers Frères des écoles chrétiennes ! Comment faisaient-ils pour avoir des élèves aussi doués ?

Je ne sais quand l'orage s'arrêta. Il faisait nuit lorsque je me réveillai, nu, sur la courtepointe du lit. Du sperme séché formait comme une croûte légère sur mon entrecuisse. Je me gardai bien de la laver. Au restaurant, je m'offris un double rhum-punch. Le maître d'hôtel me souriait.

– L'après-midi a été bonne, *Sir* ?

Je levai mon verre à sa santé. « Bonne » était sans doute un mot bien faible pour une après-midi aussi pleinement vécue.

Chapitre VII

CALIXTE

J'étais prêt à quitter Cap-Haïtien. Je n'attendais plus grand-chose de cette ville qui m'avait offert ses vestiges historiques et les charmes de Jean-Guy. La chair et l'esprit avaient eu leur content de bonheur. J'espérais que Louis, qui m'avait quitté la veille sans fixer de rendez-vous, ne tarderait pas trop.

Non seulement il m'attendait sur le parking du *Roi Christophe*, mais il était accompagné de Jean-Guy. Heureuse et ultime surprise !

– Vous avez bien dormi ?

Hier, il me tutoyait.

– Très bien. Et toi ?

Je n'eus d'autre réponse qu'un sourire.

– Vous partez tout de suite ?

Il était à peine huit heures. La route du retour ne présenterait aucune surprise puisque c'était celle de l'aller. Avec une voiture ordinaire, le choix des itinéraires est très limité en Haïti. Comme je ne pouvais pas me permettre de m'égarer sur des sentiers de chèvres ou de m'embourber dans un gué, il me restait encore un peu de temps pour flâner au Cap-Haïtien et, surtout, pour profiter encore de la compagnie de Jean-Guy.

La ville s'éveillait dans une sorte de torpeur. Dans la rue principale, les façades aux teintes pastel des magasins avaient encore leurs grands portails de couleurs vives fermés pour la plupart. Incendie, tremblement de terre et ouragan n'avaient pas eu raison de la ville à chaque fois reconstruite selon le tracé géométrique initial du XVIe siècle. Son déclin économique lui avait sans doute valu de ne pas être défigurée. Avec leurs maisons aux balcons de fer forgé, les rues avaient plus de caractère qu'à Port-au-Prince, malgré cette langueur ambiante qui les assoupissait dès les premières heures chaudes du jour. Ce n'est qu'aux alentours du Marché de Fer, une pâle imitation de celui de Port-au-Prince, que l'animation se faisait plus visible. Un charroi de cannes à sucre convergeait vers le centre et encombrait les trottoirs. Nous rejoignîmes le port où quelques rafiots émergeaient d'une légère brume matinale, vaisseaux fantômes aux mâts déhanchés, aux voiles carguées. Sur le pont de l'un d'eux, un vieil homme en short noir et débardeur rouge, la tête sur les avant-bras, roupillait encore profondément, alors qu'un peu plus loin deux jeunes marins – mais étaient-ce vraiment des marins ? – étaient allongés et jouaient aux cartes à côté d'une radio qui crachotait son sempiternel lot de *méringues*.

Après une petite heure de flânerie et quelques photos, nous étions de retour au *Roi Christophe*. Pendant que je récupérais mes bagages et réglais la note de l'hôtel, Louis s'était installé dans la voiture. Alors que je déposais la valise dans le coffre, Jean-Guy s'approcha de moi. Le hayon relevé nous isolait tout à la fois de Louis et de l'entrée de l'hôtel. Jean-Guy chuchota :

– J'ai beaucoup aimé, hier…

– Moi aussi…

Il approcha ses lèvres des miennes.

– Faites attention à Louis. C'est un vagabond…

Il m'embrassa, ce qui m'évita de répondre. Ce fut délicieusement bref. J'eus quand même le temps de lui tâter l'entrecuisse avant qu'il ne s'écarte.

– Bon voyage ! Que la Vierge vous protège !

Sous de tels auspices le retour ne pouvait être que sans histoire. Nous déroulâmes l'écheveau routier en sens inverse, grimpant vers le Massif de la Belance à travers les paysages grandioses de montagnes pelées et de vallons touffus, avant de redescendre sur Gonaïves. Peu après cette ville, la route remonte vers un plateau désertique, inattendu sous les tropiques, la Savane Désolée. Sur quelques kilomètres, une forêt de cactus dresse ses candélabres hérissés de piquants de part et d'autre de la chaussée. Ici la chaleur se fait fournaise. Je ne m'y attardai pas. Après une longue descente sinueuse, nous retrouvâmes l'Artibonite et ses rizières fleuries d'aigrettes. À Pont de l'Estère, c'était jour de marché. La route était multicolore de monde et de bestiaux en tous genres : mulets, vaches, cochons, poules et canards. Les uns en liberté à peine surveillée, les autres attachés par les pattes à une perche que le paysan portait en travers des épaules ou encaqués dans des cageots à claires-voies. Il fallait caracoler entre les étals, les animaux et les gens, sans oublier les *tap-tap* et autres véhicules qui venaient de Port-au-Prince.

– Si tu t'arrêtes, me dit Louis, tu ne pourras plus repartir !

Je stoppai quand même pour céder le passage à un *tap-tap* croulant sous un amas où l'on distinguait des bras, des genoux, des plumes, des bananes, des calebasses... La foule se referma autour de la Daihatsu comme l'eau d'un fleuve. Et il me fallut attendre quelques minutes avant de pouvoir reprendre la route.

– Je t'avais pourtant prévenu ! Ne pas s'arrêter...

Louis avait le triomphe râleur. Ajouté à la touffeur de la voiture dont nous avions dû fermer les vitres pour éviter le harcèlement des mendiants et des vendeurs de n'importe quoi, j'avais les nerfs à bout. Mais je me contentai d'un bref coup de klaxon pour faire passer ma mauvaise humeur.

Ensuite ce fut Saint-Marc. Il était près de deux heures de l'après-midi. La ville était morte, la chaleur accablante, les rues désertes. Près de la baie nous fîmes halte dans une gargote où l'on nous servit une bière et des sandwiches au poulet. Pour me détendre, je fis quelques pas vers la baie toute proche.

Sur la plage, près d'une barque échouée, deux jeunes gens étaient couchés sur le sable, offrant leurs culs nus aux ardeurs du soleil. À mon approche, ils se levèrent, l'un d'eux ramassa un sac en plastique qui traînait à leur portée et me proposa quelques crustacés qu'ils venaient sans doute de pêcher dans la matinée. Je fis la moue.

– Dix gourdes seulement !

Je sortis quelques gourdes de ma poche, refusai leurs crabes et leur fis comprendre que, pour le même prix, je préférais leur tirer le portrait.

Le plus grand des deux, à la tignasse rousse, posa, appuyé sur la barque échouée. Il avait de longs cils roux, une légère cicatrice courait de la hanche vers le ventre. Son sexe rond reposait sur une paire de couilles bien dodues, les cuisses comme les jambes étaient longues et vigoureuses, résultat probable de longues heures de natation. Le second, plus mince, plus élancé, plus imaginatif aussi, s'accrocha un des crabes aux narines, ce qui lui aurait donné un air de cannibale, n'étaient la nonchalance de ses gestes et le sourire qui démentait toute agressivité. Comme je ne manifestais pas beaucoup d'enthousiasme pour ce genre de photos, il remit le crabe dans son sac. Remarqua-t-il que je lorgnais un peu trop ses attributs virils ? Toujours est-il que je l'entendis me proposer :

– Sexe ?

Que devais-je comprendre ? Comme je ne réagissais pas, il prit alors sa verge dans la main droite et la pétrit lentement entre ses doigts, de quoi la sortir de sa langueur. Pour être sûr de bien se faire comprendre, il pointa son index gauche sur le sexe dont le gland rutilait déjà au soleil :

– Sexe ? Photo ?

Je déclinai son offre d'un sourire. Son copain riait et l'interpella en créole. Ils s'élancèrent tous deux dans la mer toute proche. Une mer étale et turquoise ponctuée de plusieurs voiles rouges à l'horizon. Après quelques brasses, le grand roux fit la planche, m'offrant une dernière image de son sexe qui émergeait de sa toison rouille. Son copain, debout, de l'eau jusqu'au nombril, me salua d'une main, de l'autre il achevait de se besogner la queue. Je le laissai à son plaisir, déposai quelques gourdes supplémentaires sous un caillou près des crabes et repris le chemin de Port-au-Prince.

À l'approche de la capitale un vent violent et chaud se leva, soulevant des volutes de sable des plages que nous longions et nous obligeant à nouveau à fermer les vitres de la voiture transformée en étuve. Je décidai de passer d'abord à l'agence de location de la voiture. J'en avais marre de l'incertitude quant au kilométrage et à la vitesse. Et sans être un fana de la climatisation, je trouvais qu'en certaines circonstances ce n'était pas un luxe inutile. Je demandai à Louis s'il savait où se trouvaient les bureaux de la DJ Car Rental.

– Bien sûr ! La voiture vient de là !

Vu l'état de la Daihatsu et le milieu qui gravitait autour du *Tropical*, je m'attendais à trouver un genre de tripot au bout d'une impasse immonde. Grande fut ma surprise lorsque Louis me fit stopper au centre-ville, près d'un immeuble moderne. L'employé de service, chemise blanche et cravate marine, écouta mes doléances et me suggéra immédiatement de changer de véhicule. Sans rien changer au contrat, il me proposa une autre Daihatsu, toute neuve celle-là, de couleur crème, avec climatisation et radio. On allait passer de Sparte à Byzance ! Louis était aux anges. Enfin de la musique ! Comment lui annoncer que j'allais sans doute le larguer ?

Je retrouvai le *Tropical*. Alors que les premiers jours j'étais pratiquement le seul client, d'autres amateurs de mâle compagnie avaient rejoint le *Guest House*. Dans la piscine, un grand rouquin et un jeune Noir avaient les mains très occupées à s'ausculter les fesses sous le regard goguenard d'un flic du cru qui arborait un revolver de belle dimension, et, dans le bar, un Américain, à en croire son accent et son chapeau texan, caressait les épaules d'un boy tandis qu'un autre lui pelotait les cuisses. Des bouteilles de bière vides jonchaient la table. C'était sans doute ce qu'on appelle l'ivresse de l'amour!

Je réintégrai la même chambre, heureux de prendre une douche et de souffler. Louis m'y rejoignit. Je l'avais invité pour, *a priori*, régler nos comptes et lui annoncer mon intention de me séparer de lui. S'en doutait-il ? Toujours est-il que, sous la douche, il se fit très entreprenant.

– La journée a été fatigante. Tu as besoin d'un bon massage.

Ses mains glissaient sur mon dos mouillé, glissaient entre mes fesses, un doigt s'enfonça dans mon cul, m'arrachant un couinement de surprise.

– Laisse-toi faire, mec! Relax! Louis sait ce qui est bon!

De caresses en suçons, il était en train de m'emballer à nouveau. Et la séance de la douche s'acheva sur le lit. En giclées de sperme. Le mien qu'il avala d'un grand coup de glotte. Le sien dont il m'aspergea la figure après s'être vigoureusement branlé pendant que je lui léchais les couilles. Étais-je vraiment en position de négocier quoi que ce soit, la queue en l'air et le cœur en chamade?

– Cap-Haïtien, je ne connaissais pas bien. Mais à Jacmel, je connais mieux. Tu verras. Tu n'auras pas besoin d'un autre guide.

J'avais le sexe comblé et Louis, après avoir empoché les dollars promis, me quitta sans que je lui aie signifié quoi que ce soit.

Peu après Jean Ti-Bois vint me retrouver et s'enquérir de mon séjour. Comme il se faisait tard, je l'invitai à dîner avec moi en ville. Au restaurant, il me parla longuement de ses études techniques chez les Frères, du coût de l'inscription à renouveler chaque année, de la nécessité pour lui de travailler pour pouvoir étudier, loin de sa famille. Le travail au *Tropical* n'était pas trop exténuant et lui laissait la liberté de fréquenter l'école.

– Charlie est bon avec moi. C'est comme un oncle.

Je l'interrompis :

– Tu as couché avec lui ?

Il me regarda, dubitatif, but une gorgée de coca, avant de répondre.

– Bien sûr ! Tu penses que j'avais le choix ? Et puis il fallait que je m'habitue…

– Tu avais quel âge ?

– Un peu plus de seize ans. Charlie m'avait proposé de me faire quelques dollars avec un client. Comme j'arrivais de Gonaïves, je ne savais pas vraiment ce qu'il entendait par là. Alors, il m'a pris une nuit avec lui dans sa chambre.

– Tu vas souvent avec les clients du *Tropical* ?

– Parfois. Quand il y a trop peu de prostitués. Ou seulement si Charlie me le demande. Comme avec toi…

– Et tu aimes ça ?

– Pas toujours. Toi, tu es gentil. Il y en a qui font mal. Qui ne pensent qu'à te foutre la queue dans le cul, qui ne cherchent pas ton plaisir, mais seulement le leur. Avec toi, on parle, on va dîner... Tu m'as prêté un livre.

– Et les tennis, tu les as ?

– Pas encore, mon ami n'est pas encore revenu de Miami.

– Tu es gay ?

– Non. J'ai une amie qui habite dans une *caille* près de ma sœur.

– Pourtant, quand tu couchais avec moi, tu avais vraiment l'air d'éprouver du plaisir !

Il me sourit.

– Mais qu'est-ce que tu crois ? Bien sûr que j'avais du plaisir. Si je détestais ça, penses-tu que je serais venu te rejoindre quand tu étais avec Junior ?

Je lui fis part de ma décision de me séparer de Louis.

– Louis est au courant ?

Je dus bien lui avouer que ce n'était pas encore le cas, que je n'avais pas su comment le lui dire. J'ajoutai :

– Tu connais Louis. Question sexe, il est fortiche. Alors, il en profite !

– Et tu as quelqu'un pour le remplacer ?

– Justement ! Je pensais à toi !

– Je n'ai jamais été aux Cayes ni à Jacmel. Mais j'aimerais visiter ces villes.

Au moins je ne pourrais pas lui reprocher de m'avoir vendu des connaissances virtuelles.

– Dans ce cas, accompagne-moi. J'ai juste besoin de quelqu'un qui sache parler créole en cas de problèmes. Nous partagerons la chambre et les repas.

– Mais je n'ai pas d'argent pour payer.

– Qui te parle de payer ?

– Je devrai coucher avec toi ?

– Seulement si tu veux…

Je n'étais pas hypocrite au point de croire moi-même que je lui laissais vraiment le choix. Je savais parfaitement qu'une invite équivalait à un ordre. Mais ne m'avait-il pas trouvé « gentil » ?

– Si Charlie est d'accord, je viendrai avec toi.

Pour sceller notre accord, je versai du vin rouge dans son verre et nous trinquâmes.

– À Jacmel ! Aux Cayes !

Dans la lumière feutrée du *Rond-Point*, ses yeux brillaient d'un éclat que je ne leur connaissais pas. Nos doigts se rencontrèrent, se nouèrent. J'aurais pu l'inviter à finir la nuit dans mon lit. J'étais sûr qu'il aurait accepté. Mais je préférais que ce soit lui qui fasse la démarche, comme le premier soir.

Je passai une mauvaise nuit, appréhendant le moment désormais proche où j'allais devoir faire comprendre à Louis que notre collaboration était bel et bien terminée.

Sa réaction, lorsque après le petit-déjeuner je lui annonçai que ce serait Jean Ti-Bois qui m'accompagnerait aux Cayes et à Jacmel, ne se fit pas attendre. Il explosa :

– Salaud ! Tu es un salaud ! Tu m'avais promis. À cause de toi, j'ai refusé d'accompagner l'Américain à Ibo Beach. Tu ne partiras pas sans avoir payé cinquante dollars de plus !

Je gardai mon sang-froid, le laissant évacuer sa colère sans réagir. Même lorsqu'il agitait dangereusement les poings autour de ma figure.

Jean balayait l'arrière-cuisine. Il était visiblement gêné et, lorsque je lui demandai de se préparer pour midi, il me dit qu'il n'avait pas encore vu Charlie. Louis en rajouta une couche :

– De toute façon, Jean ne pourra pas aller avec toi. Il est trop jeune...

Je m'empressai de quitter l'ambiance électrique du *Tropical* pour gagner Port-au-prince où il me restait quelques formalités à accomplir. Faire le plein d'essence. Passer à la banque pour retirer des dollars avec ma carte de crédit. D'un bar du boulevard Dessalines je téléphonai au *Tropical* où ce fut Charlie qui décrocha. En moins d'une minute j'avais son accord pour lui emprunter Jean afin de partir à la découverte du Sud. Voilà qui clôturait les débats !

Peu avant midi je regagnai le *Guest House* et, tandis que je descendais mes bagages vers la voiture, je demandai à la cuisinière si elle n'avait pas vu Jean Ti-Bois.

– Jean Ti-Bois ? Lui partir t'à l'heure. Pas venir avant soir !

– Mais il devait m'accompagner !

– Moi pas savoir ! Lui rien expliqué.

Louis réapparut soudain :

– Je t'avais bien dit qu'il ne pourrait pas venir !

– Charlie était d'accord !

– Charlie peut-être. Mais moi pas !

J'imaginais les menaces verbales ou même physiques que Louis avait dû exercer sur Jean pour qu'il renonce et surtout pour qu'il disparaisse pendant quelques heures. Je n'avais plus le loisir d'attendre un improbable retour de Jean. Il était évidemment exclu de récupérer Louis après les scènes que nous venions de vivre. Et par je ne sais quel miracle, le *Tropical* était pratiquement vide.

– Moi, je peux venir si tu veux…

Je me retournai et aperçus un garçon assez costaud, très musclé, au physique plus proche du boxeur que de l'éphèbe. Il avait l'air plutôt benêt. Je l'avais déjà vu dans le bar sans y faire particulièrement attention. Ses attraits n'étaient pas évidents et son français s'avérait plutôt rudimentaire.

– Comment t'appelles-tu ?

– Calixte !

Et en plus il s'appelait Calixte.

J'étais coincé. Déçu par Jean, exaspéré par Louis, je pouvais partir seul. Mais je savais que la présence d'un natif faciliterait les contacts, réglerait les menus problèmes. En deux mots j'expliquai à Calixte ce que j'attendais de lui. Pas grand-chose en somme. Être là au cas où… De son sourire béat il acquiesça sans barguigner. Il pouvait partir de suite, juste le temps de passer à Martissant, chez sa mère, prendre quelques effets. Ce n'était même pas un détour.

Ses maigres bagages tenaient en un petit sac de sport bleu qu'il laissa tomber sur le siège arrière de l'auto. Un peu plus loin il me demanda de m'arrêter. Il se précipita vers un petit oratoire dédié à Notre-Dame de la Merci, s'y agenouilla les mains croisées sur le front, fit un grand signe de croix et revint vers moi tout souriant.

– On y va !

– Oui, patron !

– Tu n'as rien oublié ?

– Moi pas grand-chose, patron !

Avant de redémarrer, voulant régler la ventilation, j'effleurai sa cuisse mal contenue dans un short bleu délavé d'une taille trop courte. Se méprit-il sur mes intentions ? Toujours est-il qu'il posa immédiatement sa main sur la mienne et l'attira vers son ventre où il me fit éprouver la raideur de son sexe. Et pour ne me laisser aucun doute sur ses capacités, il le sortit un instant de son short. Bien qu'au repos, il était d'une taille impressionnante et circoncis. Ce n'était pas un boy que j'avais embarqué, mais un étalon ! Je lui intimai l'ordre de rentrer son attirail dans sa cage. Son sexe m'impressionnait peut-être, mais je me voyais mal en user tant de la bouche que du cul. Calixte était sans doute de bonne volonté mais il ne répondait guère aux canons sexuels de mes fantasmes.

– Tu es prostitué ?

– Bien sûr ! Au *Tropical*, tous prostitués !

– Jean Ti-Bois aussi ?

– Bien sûr ! Lui plus jeune, alors lui apprendre encore…

J'aurais pu lui dire qu'il n'avait plus grand-chose à apprendre en matière de sexe, qu'il n'en était plus aux premiers balbutiements érotiques et que son innocence apparente le rendait d'autant plus attrayant. Mais je ne pensais pas que Calixte serait sensible à ce genre de subtilité.

– C'est Louis qui l'a empêché de venir ?

– Pas savoir. Jean partir chez sa sœur.

– Tu es content de le remplacer ?

– Pour ça oui ! Merci patron !

– Et arrête de m'appeler patron.

Nous quittâmes Carrefour pour Leogâne. À la sortie de Carrefour, à Mariani, la plage était encombrée de bovins.

– L'abattoir !

De nombreux charognards décrivaient des orbes dans le ciel et l'odeur était pestilentielle. Je préférais ne pas savoir dans quelles conditions d'hygiène les vaches terminaient leur vie sur cette grève. Quant aux prochains steaks, je leur trouverais peut-être un arrière-goût de sel marin... Nous longeâmes la baie grise et calme jusqu'à Miragoâne à travers un paysage paisible et moins accidenté que dans le Nord. Les *cailles* étaient souvent fleuries d'abondance, les gosses mieux vêtus et l'aspect général moins miséreux. L'après-midi était bien avancée. J'invitai Calixte à venir casser la croûte dans un petit *shop* au bord de la route. À Miragoâne, la route montait à l'assaut des derniers escarpements du massif de la Selle avant de descendre vers Aquin, Saint Louis du Sud et la Mer des Caraïbes. Baies et criques se succédaient en paysages de cartes postales. Plages désertes soulignées de sable blanc, la mer jouait avec tous les tons de bleu, de vert. Céladon, opale, émeraude, violet, jade et marine offraient des dégradés superbes, crêtés de blanc par des vagues rondes et longues qui achevaient leur course au pied des palmeraies côtières. Quelques barques de pêcheurs oscillaient sur les flots. Parfois, une silhouette apparaissait sur une plage, dans la mer. Je fis quelques photos et Calixte posa, les doigts en V, dos à la mer. Je trouvais ça idiot, mais puisqu'il y tenait !

Ah! Calixte! C'était bien le dernier que j'aurais songé à emmener avec moi si j'avais eu le choix. Pendant que nous longions cette superbe côte, je me surprenais à chantonner intérieurement sur l'air de *« La Belle de Cadix »* :

Le sexe de Calixte
Est plus gros qu'une tour
Le sexe de Calixte
N'est pas fait pour l'amour

Il était fier de sa queue, et les amateurs de sensations fortes y trouvaient sans aucun doute la satisfaction souhaitée. Ceux qui rêvaient de se faire bourrer l'anus jusqu'au côlon en avaient pour leur argent! Moi j'étais décidé à me passer de ses services au lit. Quelques jours de chasteté ne me tueraient pas. N'était-ce pas mon lot en Europe? et j'y survivais bien. Et puis, la chasteté en Haïti, c'était une vertu fort aléatoire. Qui sait quels fruits juteux Les Cayes me réservait?

La route déboucha à Cavaillon, une bourgade située à l'embouchure d'une large rivière. Sur la rive gauche un vaste marché éparpillait ses échoppes colorées, tandis que le cours d'eau servait de salle de bain et de buanderie. C'était Kenscoff et la Rivière Froide en un seul lot. Une montagne de chapeaux de paille jetait une note claire entre les baraquements de tôles des marchands. Les lavandières battaient le linge sur les cailloux de la rive. Le milieu du fleuve, plus profond, accueillait une sarabande de gamins qui s'évertuaient à se faire trébucher et s'aspergeaient copieusement. Sur la rive droite, de nombreux mulets attendaient ou leurs maîtres occupés au marché, ou d'éventuels acheteurs. Une demi-heure plus tard, Les Cayes était en vue. Un vent sec et dur soufflait en rafales violentes dans les rues quasiment désertes. La ville semblait abandonnée. Les rues larges, tirées au cordeau, étaient mornes et grises. Des fils électriques en pagaille les traversaient de part en part. Un chien errant, quelques sacs en plastique emportés par le vent y apportaient un semblant de vie. La plupart des boutiques étaient closes. Ce n'est que vers le port que nous pûmes demander à un passant la direction de l'hôtel *Concordia.*

À la sortie des Cayes, dans un quartier tranquille et ombragé, le *Concordia* disposait d'un grand jardin autour duquel étaient alignés un restaurant et une quinzaine de chambres. Une piscine agrémentait le tout à l'abri d'une haie de lauriers-roses. J'étais le premier client de la journée et probablement le seul. Le patron me prévint d'emblée que le restaurant n'ouvrirait que pour le petit-déjeuner mais que le bar était à ma disposition en attendant. Pour le repas du soir, il y avait d'autres établissements dans la ville. Je rappelai à Calixte que je ne m'occupais pas de son hébergement et lui demandai s'il avait besoin que je lui avance de l'argent.

– Pas besoin. Moi savoir.

Vite installé, je regagnai le port des Cayes, le seul endroit un peu vivant de la cité. Face à la ville on apercevait l'Île à Vaches, à une dizaine de kilomètres du port. C'était autrefois un repaire de boucaniers qui connut une certaine célébrité lorsque le pirate Morgan en fit son point d'attache pour aller rançonner et bombarder quelques villes espagnoles du littoral des Caraïbes. Des dizaines de personnes attendaient sur ce qui servait de quai afin de pouvoir monter à bord de trois ou quatre rafiots aux mâts de fortune, mal équarris et tordus. Le vent violent qui soufflait de la mer les empêchait d'embarquer et de rejoindre l'île. Autour des grandes barcasses, une demi-douzaine de coquilles de noix, elles en avaient vraiment la forme, assuraient la navette pour charger les bateaux. Les remous de plus en plus violents les faisaient tanguer dangereusement. Mais cela ne semblait pas perturber les garçons effectuant les manœuvres à l'aide d'une longue perche qui s'enfonçait profondément dans les vagues avant de ressurgir brusquement. Une barcasse tenta de prendre le large, mais dut y renoncer aussitôt. Les voiles, du moins ce qui en tenait lieu, à peine larguées avaient dû être ferlées pour éviter le naufrage. Plusieurs passagers y supportaient stoïquement les assauts de la tempête. Les coquilles de noix continuaient leurs va-et-vient. Quelques gamins, vêtus des seuls embruns que soulevaient les vagues, se pavanaient sur ces petites embarcations. J'en zoomai un qui se tenait à la proue de l'une d'elles, petit dieu de la mer solidement campé sur ses deux jambes, insensible aux roulis, et qui fixait le large. Deux fossettes creusaient ses reins et le zoom faisait ressortir la rondeur de ses fesses. Un autre n'hésita pas à bondir d'une barque à l'autre malgré les sautes d'humeur des vagues. Emporté par son élan, il se rattrapa de justesse à la coque, ce qui eut pour effet de faire tanguer un peu plus la coquille ; un autre encore, couché sur le ventre à la proue d'une barcasse, semblait somnoler, ignorant le tangage comme le roulis.

De lourds sacs de maïs furent transférés du quai vers les petites barques qui, à chaque fois, donnaient l'impression de sombrer avant de se redresser vivement. Le transfert dans les barcasses était périlleux. Saisir le sac, se relever d'un vigoureux coup de reins, le hisser sur une épaule, se pencher vers le bordage et le faire basculer à l'intérieur de la barcasse, le tout sur une mer endiablée, exigeaient de la force et surtout un sens de l'équilibre hors pair. Le temps passait. Le crépuscule allait tomber. Les passagers, essentiellement des femmes venues faire leur marché aux Cayes, s'inquiétaient de plus en plus. L'Île à Vaches avait beau sembler à portée de main, elle n'en était pas moins inaccessible.

Je laissai Calixte en ville à la recherche d'un logis et rejoignis l'hôtel où, nanti d'un rhum-punch, je m'installai au bord de la piscine, ce que je n'avais jamais fait au *Tropical*. J'étais seul. Enfin presque.

Un jeune homme achevait de ratisser les allées qui bordaient la pièce d'eau. Son pantalon était percé aux genoux et son tee-shirt rouge, à l'effigie du Che, était passablement élimé. Sa besogne achevée, il envoya valdinguer tee-shirt et jean sur un banc et piqua une tête dans la piscine. Lorsqu'il en sortit, le chiffon qui lui tenait lieu de caleçon glissa sur ses hanches humides. Il le réajusta avant de replonger. La scène se reproduisit à plusieurs reprises. À chaque fois le linge humide qui aurait dû lui servir de cache-sexe soulignait un peu plus la rondeur des couilles et le contour de la verge. La dernière fois, il ne prit même plus la peine de relever le chiffon. C'est le cul nu qu'il se laissa tomber dans l'eau. J'appréciais le spectacle en silence, en attendant l'issue. Sa tête réapparut enfin au bord de la piscine, les cheveux constellés de gouttelettes d'eau, il avait les yeux marron, le nez légèrement épaté finement ciselé et ses lèvres s'ouvraient sur une dentition étincelante. Il m'interpella :

– Tu loges à l'hôtel ?

– Oui. Deux nuits.

Il sortit de la piscine, un genou après l'autre, son semblant de maillot dévoilant tour à tour une couille ou la pointe de son sexe qu'un début d'érection ne maintenait plus à l'abri du tissu.

– Et ta femme ? tu l'as laissée dans la chambre ?

Sa curiosité m'amusait.

– Je ne pense pas…

Il s'était agenouillé sur le bord du bassin, les deux mains appuyées sur ses cuisses écartées. Il ne pouvait pas ignorer que je n'avais d'yeux que pour ce qu'il ne cachait pas ou si peu.

– Tu ne sais pas où est ta femme ?

– Pas vraiment. Non.

Brusquement, il rejeta ses bras en arrière, s'appuyant des deux mains à la bordure de la piscine. Et comme il bandait maintenant pour de bon, la moitié de sa queue débordait de son petit slip. Si ce n'était pas une offre de service, c'était bien imité ! Il se leva. Je crus un instant qu'il allait m'offrir un avant-goût de ses charmes, mais il se dirigea vers la haie de lauriers et, jambes écartées, urina longuement, les mains sur les hanches. Son engin tendu n'avait besoin d'aucun soutien pour lui éviter de s'asperger les orteils. Sa vessie soulagée, il se tourna vers moi en riant, le sexe pointé en guise d'index :

– J'ai compris. T'as pas de femme.

– Bravo. Tu as gagné. Que veux-tu boire ?

– Un Coca.

Je revins avec une bouteille de Coca. Il avait profité de mon absence pour réintégrer ses nippes. Il but quelques gorgées puis :

– Tu as quelle chambre ?

– La 7. C'est facile, c'est celle avec la voiture blanche en face.

Il s'approcha de moi jusqu'à me toucher les genoux. Il s'accroupit, vida sa bouteille, la déposa au pied du fauteuil. La nuit était tombée, un lampadaire parcimonieux jetait de faibles reflets jaunâtres autour de la piscine. Je laissais venir. Advienne que pourra !

– Tu veux une femme pour cette nuit ?

Je fis non de la tête. Sa main frémit le long de ma cuisse nue, effleura le maillot juste assez pour m'agacer le sexe.

– Tu préfères les mecs ?

– À ton avis ?

Son pouce entama un léger massage de bas en haut. Il fit crisser un ongle sur le tissu... Un appel retentit du côté du restaurant.

– François !

Il suspendit son geste.

– Je dois y aller. La chambre 7...

Ainsi donc, il s'appelait François.

J'achevai le rhum-punch à petites doses, savourant déjà les ripailles amoureuses qu'un François des Cayes allait pouvoir me prodiguer.

Après un repas sommaire vite expédié près du port, je rejoignis le *Concordia* où Calixte m'attendait, assis sur le seuil de la chambre 7.

– Que fais-tu là ?

– J'attends.

– Tu attends quoi ?

– Pouvoir coucher.

– Je pensais qu'on était bien d'accord que tu te débrouillais pour trouver un endroit pour dormir.

– Trop cher. Moi je préfère dormir dans la voiture.

– Si tu y tiens !

Je déverrouillai la voiture. Il s'y installa. Après une brève douche, je m'étendis sur le lit même pas défait et attendis François. Au bout d'un certain temps, je m'assoupis puis je finis par m'endormir. Je me réveillai lorsqu'on tambourina à ma porte. Ce ne pouvait être que François !

Je me précipitai vers la porte, ne prenant même pas la peine de me couvrir, et ouvris, me retrouvant nez à nez avec une femme accompagnée de deux jeunes enfants. Derrière elle, Calixte.

– Elle a beaucoup insisté. J'ai pas pu la retenir.

La dame en question avait largement ouvert la tunique sous laquelle elle était aussi nue que moi. Pas besoin de grands discours pour comprendre. Je n'avais aucune envie de la saillir, mais refuse-t-on l'aumône à une femme en détresse ? Un gosse au bout de chaque bras, les seins à l'air, elle pénétra dans la chambre 7 où j'allumai en hâte la lampe de chevet. Elle assit ses mioches – un gamin de six-sept ans et une fillette encore plus jeune – sur un petit fauteuil et se laissa tomber sur le lit, toujours vêtue de sa tunique large ouverte.

– Ce sera quatre cents gourdes…

J'étais nu et perplexe. Son tarif était dérisoire. Je n'aurais eu aucun mal à lui donner les gourdes sans pour autant la consommer. Dans le tiroir de la commode, je pris la monnaie et un paquet de biscuits que j'offris aux bambins. Voyant que je ne l'approchais toujours pas, elle se redressa et me proposa :

– Tu préfères le garçon ?

Je n'aimais pas les fruits trop verts. Surtout à ce point. Il fallait que je me décide sinon elle allait peut-être me proposer la fillette. Je m'approchai du lit. Elle n'était plus très jeune. Elle avait les hanches larges d'un violoncelle ; ses seins coniques, boursouflés de mamelons grenus entre lesquels brillait une petite croix dorée, avaient dû allaiter plus d'un mioche. Son ventre se ridait autour du nombril. Elle avait la touffe épaisse, une vraie jungle où je n'avais pas du tout envie d'aventurer ma queue. Soudain, une intuition.

– C'est François qui t'a envoyée ?

– Oui. Mon fils dire toi pas de femme…

L'information me laissa un instant pantois. Et ne la rajeunissait pas.

Allais-je lui avouer que j'aurais préféré tenir son maquereau de fils entre mes bras ? Allais-je l'enculer pour me venger du faux bond que m'avait fait l'allumeur de verges ? Ni l'un ni l'autre en définitive. *Alea jacta est.*

Je la rejoignis sur le lit sous le regard presque indifférent des deux mômes qui grignotaient les biscuits. Ils n'en étaient visiblement pas à leur première séance de jambes en l'air ! Je m'installai à califourchon à hauteur de sa poitrine et frottai mon sexe dans la rigole de ses seins. Lentement, très lentement d'abord. Jusqu'à ce que ma verge s'anime et se tende. Se tende vers les lèvres sombres de la dame pour qu'elle la lape à petits coups de langue. J'étais presque assis sur ses seins dont je sentais les tétons durcir sous mes fesses. Elle fit coulisser une main le long de mon sexe, le décalotta, le gland surgit, méat béant. J'accentuai le geste de quelques coups de reins et, en fin de course, la nature fit le reste, éclaboussant de foutre sa gorge et la petite croix dorée qui illuminait sa poitrine. Elle allait se relever, sa besogne accomplie. D'une pression des mains sur les épaules, je l'en empêchai. Elle m'avait fait jouir. J'allais essayer de la satisfaire à son tour. Je fis un clin d'œil au gamin qui se chipotait le ventre d'une main et grignotait un biscuit de l'autre. Je m'allongeai aux côtés de sa mère et entrepris de lui caresser la poitrine, contournant ses aréoles, lui remodelant les seins de mon pouce, ponctuant le tout de quelques mordillements. À coups de langue je nettoyai sa gorge, sa croix. D'une main je partis explorer son vagin, glissant deux doigts entre ses lèvres intimes. Elle écarta les cuisses, se cambra légèrement. J'humectai mes doigts avant de poursuivre ma pêche à la perle. Et lorsque je fis chanter sa myrtille, elle émit un gémissement. Elle n'avait pas seulement les hanches du violoncelle, elle en avait aussi la voix grave et chantante. Une voix qui surprit les deux gosses. S'ils l'avaient sans doute déjà vue saillie, l'avaient-ils jamais entendu jouir ? Le gamin en tout cas semblait intrigué, car il cessa de se tripoter et de grignoter. D'un geste, sa mère le rassura. Sous mes doigts, la source secrète venait de jaillir, je lui présentai ma main humide. Elle eut un rire clair, m'embrassa le cou et me murmura :

– Demain, si tu veux…

Elle se leva, rassembla sa marmaille et sortit comme elle était venue, toutes voiles dehors. Ah, les nuits haïtiennes !…

Au matin, je constatai que Calixte n'était pas seul dans la voiture. Un petit oiseau y voletait. Calixte l'avait attaché par une ficelle à un caillou et il s'amusait avec deux doigts à lui faire peur. L'oiseau s'échinait à prendre son envol, mais la ficelle, quand ce n'était pas le pare-brise, brisait net son élan. Calixte l'avait trouvé dans un nid, en train de couver, sur un laurier-rose près de l'auto. Je mis immédiatement fin aux supplices de l'oiseau qui disparut sitôt sa liberté retrouvée et nous rejoignîmes le restaurant pour le petit-déjeuner. C'est là que Pierre nous rejoignit.

– C'est le guide pour aujourd'hui.

Car Calixte ne connaissait pas plus les Cayes que Louis Cap-Haïtien. Je ne m'en offusquai même pas pour la forme et accueillis donc le nouveau venu.

Il s'appelait Pierre, tournait autour de vingt ans, se disait étudiant. Il allait nous conduire au Saut Mathurine, la plus importante chute d'eau de Haïti.

Nous prîmes la route de Jérémie. Une piste rudimentaire, fraîchement empierrée. Le paysage déroulait ses mornes ravinés jusque Camp Perrin où, au centre du village, j'assistai au vannage de la farine de maïs. Ils étaient quelques dizaines, hommes et femmes, à agiter de larges vans de paille blonde dans des paillotes au centre de la petite localité. Pierre m'informa que Camp Perrin devait son nom au général du même nom qui s'y installa au XVIIIe siècle et y fit souche. Il m'expliqua les différentes sortes de farines de maïs reconnaissables aux coloris allant de l'or pâle au jaune canari qui s'amoncelaient en petites pyramides sous les vanneurs presque tous coiffés de chapeaux de paille. J'appréciai pour une fois un guide sachant guider. À Camp Perrin nous bifurquâmes vers l'est pour rejoindre la Grande Ravine, la rivière qui se jetait dans celle qui arrosait le marché de Cavaillon.

La nouvelle piste s'avéra pire que la précédente et c'est presque au pas que nous atteignîmes une sorte de terre-plein où nous laissâmes la Daihatsu. Le grondement de la fameuse cascade nous parvenait assourdi par une épaisse végétation. Au bout d'un chemin creusé de larges ornières boueuses, quelques vaches rousses s'abreuvaient. La Grande Ravine, qui venait de franchir une vingtaine de mètres d'un seul saut, s'étalait en un large bassin vert foncé. La cascade était superbe. Un vaste rideau d'écume blanche et drue projetait des embruns sur plusieurs mètres. Une végétation très dense enserrait la cascade dans un écrin verdoyant. Un peu en amont de la chute d'eau, sur des rochers lisses et glissants, un homme avançait lentement, les bras larges ouverts pour conserver un équilibre que des algues rendaient précaire. Je zoomai. Vision furtive d'une sorte de Tarzan noir, en maillot du même brun que sa peau. L'œil de la caméra croisa-t-il son regard ? Il agita un bras, s'approcha du bord de la cataracte et s'élança dans le vide, flèche brune sur un rideau blanc. Une grande éclaboussure marqua son point de chute, puis il nous rejoignit en quelques brasses. C'était un bel athlète, bien découplé, au ventre plat et au maillot bien garni, qui me tendit la main pour quémander la juste rétribution de son saut périlleux. Comme il ne manquait pas d'arguments, disons esthétiques, j'y allai de ma poche. Un autre boy sortit alors du rideau de la cascade. Plus jeune et nettement moins baraqué. Il nagea à notre rencontre et me demanda de le prendre en photo. Je n'étais ni pressé ni prêt à payer pour chaque cliché.

– Je ne veux pas d'argent. Juste votre adresse et je vous donne la mienne, comme ça vous pourrez m'envoyer la photo.

Le marché me parut honnête. Je tirai de lui quelques clichés au bord de l'eau. Son caleçon vert pâle soulignait à merveille le teint chocolat de sa peau. Je lui demandai de retourner sous la cascade, ce qu'il fit volontiers. Je zoomai à nouveau, découvrant avec plaisir que la traversée avait rendu son slip très éloquent quant à son contenu. Louis-Jean, puisque tel fut le prénom qu'il inscrivit sur un bout de papier, était étudiant aux Cayes, chez les Frères. Les écoles des Frères avaient décidément des ouailles intéressantes. Présentement, disait-il, il faisait office de vacher. Les quelques bêtes rousses qui piétinaient la berge étaient celles de son père. Pendant les vacances scolaires, il était chargé de venir les abreuver. Cela faisait une trotte de deux bons kilomètres et l'occasion de prendre un bain rafraîchissant.

Après avoir immortalisé la chute sous tous ses angles, nous reprîmes le chemin de Camp Perrin et des Cayes. Pierre me proposa d'aller déjeuner à la plage de Gelée. La plage favorite des habitants des Cayes s'étirait sur quelques kilomètres à l'ouest de la ville. Très sablonneuse, elle était fort fréquentée sans être surpeuplée. Je pus à nouveau y récolter mon lot de belles images. Celle de ce gamin, agenouillé là où la mer venait s'effranger sur le sable, et qui à chaque aller-retour des vagues fouillait le sable à la recherche de petits coquillages qu'il déposait ensuite dans une bouteille. Celle de ces deux femmes, une bassine de beignets sur la tête, qui arpentaient la rive en harponnant les clients à grands cris et à grands gestes. Cet ado en short blanc, couché sur un bloc de béton au pied d'un palmier. Photo on ne peut plus banale sans doute ; mais j'aimais la façon dont son dos s'incurvait sur ses reins et l'arrondi de ses épaules. Et puis ce bel androgyne au cou garni d'un collier blanc et aux cheveux longs. Pas si androgyne que cela vu de près. Son slip d'un rose translucide avait un côté affriolant et ses mamelons donnaient à sa poitrine un relief singulier. Ajoutez-y de longues cuisses fuselées et un ventre bien dessiné autour d'un nombril finement ciselé, et vous comprendrez qu'il ne pouvait échapper à mon tableau de chasseur d'images. Et puis il y avait les baigneurs. Si certains goûtaient la mer des Caraïbes en solitaire, d'autres préféraient la prendre d'assaut en groupes. Des groupes parfois compacts, qui s'agglutinaient autour de quelques grosses chambres à air de camions ou de tracteurs. De fortes vagues les soulevaient avant de les rejeter quelques brasses plus loin. De ces amas de têtes surgissaient parfois une cuisse, un bras, un dos. Un garçon plus entreprenant escalada la grappe humaine sans se soucier de son caleçon descendu sur les genoux. Le cul luisant, il réussit à se mettre à califourchon sur le pneumatique. Son slip ayant disparu dans l'aventure, il replongea presque aussitôt pour le récupérer. Ce qu'il ne réussit qu'après quelques plongeons et piqués où il ne manqua pas d'exhiber cul et queue, provoquant rires et propos salaces, si je m'en réfère aux gestes explicites qui les accompagnaient. Pas rancunier, lorsqu'il repêcha l'objet perdu, le garçon l'exhiba bien haut et le fit tournoyer au-dessus de sa tête, tandis qu'il pivotait sur lui-même. À ce moment, la vague se retira, offrant à tous le spectacle charmant de sa plastique ruisselante. Dans des bras d'eaux mortes, des gosses plus petits pataugeaient sous la protection de matrones aussi larges que hautes, un fichu coloré sur la tête et un tricot entre les doigts.

Vers deux heures, ayant fait le plein de vagues et de croupes, je regagnai le *Concordia*. Pierre nous quitta. Restait Calixte. Car si Louis avait été aux abonnés absents la plupart du temps de mon séjour au Cap, Calixte, lui, était plutôt du genre pot de colle. Je lui signalai que je comptais me reposer une bonne heure avant d'aller en ville. N'ayant plus rien de particulier au programme, il était libre d'aller où bon lui semblait.

– Nous partirons demain après le petit-déjeuner. D'ici là, tu vas où tu veux, comme tu veux…

Sur ce, je pris une douche bienvenue, car de Saut Mathurine à Gelée j'avais beaucoup transpiré. Ensuite, je mis un peu d'ordre dans mes papiers et comme je ne trouvais pas l'adresse de Louis-Jean, je me dis qu'elle devait traîner dans la voiture. Je voulus sortir pour la récupérer aussitôt. La porte ouverte, je faillis trébucher sur Calixte toujours assis sur le seuil de ma chambre.

– Que fais-tu là ?

– J'attends. Je reste avec toi. Rien à faire aux Cayes.

Il me regardait d'un air si mélancolique que je ne sus quoi lui répliquer. Était-ce l'ambiance sensuelle de la plage de Gelée ou je ne sais quelle envie soudaine, toujours est-il que je lui proposai :

– Tu ne veux pas prendre une douche ?

– Si tu veux. Merci, Patron.

Pendant que je récupérais l'adresse de Louis-Jean, il s'était déshabillé. Il se dandinait dans la chambre, le sexe ballant sur ses cuisses.

– Du savon. Tu as, s'il vous plaît !

Je lui tendis un tube de gel douche. Il le pressa au-dessus de sa tête, le liquide gras et vert lui dégoulina des cheveux aux épaules, il dirigea un autre jet sur ses pectoraux et commença à s'en frotter la poitrine, la gorge, le ventre. J'avais cessé de ranger pour le regarder, car il n'avait pas imaginé une seconde qu'il pourrait fermer la porte de la salle d'eau. Il fit couler l'eau, et ses larges mains glissèrent sur les muscles saillants de ses bras, de ses cuisses, les mettant tour à tour en exergue. Il bomba le torse, ses doigts pétrissant le thorax, affûtant le relief de ses mamelons. Son sexe ne ballait plus sur ses cuisses mais leur était résolument perpendiculaire. Il dégoulinait d'eau savonneuse. D'une pichenette, Calixte fit tressauter sa queue avant de l'empoigner, de l'oindre de gel douche et de l'astiquer. Bien décalotté, son gland violet semblait me narguer dans sa corolle de mousse.

– Bon savon. Super, Patron !

Il s'arrosa le dos, me tournant le cul. Je me déshabillai à mon tour et me couchai sur le lit. Je m'étais juré de ne pas user de Calixte, mais c'était là un serment d'ivrogne! Lorsque Calixte sortit de la douche pour s'essuyer et qu'il me découvrit en « tenue », il s'exclama :

– Toi vouloir coucher l'amour! Bon pour toi, Patron!

Il s'allongea à mes côtés et ses larges mains, ses doigts épais me massèrent le ventre et la poitrine, il enroula quelques poils de mon pubis autour de son index, me pinça les tétons avant d'y poser un baiser chuintant. Contre ma cuisse, je sentais sa hampe dont la texture de chair et de sang avait pourtant la dureté du bambou. Il entreprit l'exploration de mes couilles, les faisant rouler dans sa main, glisser entre ses doigts.

– Bon pour ta queue. Regarde!

Effectivement. Mais je n'avais pas besoin de regarder pour le savoir. Il posa son mufle sur mon sexe, y frottant son nez.

– Tu veux que je te mette?

Accueillir sa bite était au-delà de mes capacités. L'inverse, par contre...

– Moi, je vais te mettre...

Docile, il se coucha sur le ventre, m'exposant son dos puissant, ses fesses larges mais fermes avec son trou sombre qui rayonnait comme un astre noir. Comme une bouche goulue dans un visage joufflu. Pour me montrer sa bonne volonté ou ses capacités d'absorption, il se pinça les fesses des deux mains, découvrant un anus large ouvert, accueillant. Comme j'hésitais encore avant d'y plonger mon engin, Calixte me demanda :

– De la crème, tu as?

– Quelle crème?

– *Nivéa.*

J'avais.

– Alors, tu frottes un peu. Pas besoin de beaucoup. Moi, large cul.

Je plongeai deux doigts dans la boîte de crème et en enduisis les contours de son trou. Je lui massai l'intérieur des fesses, un doigt s'incrustant chaque fois un peu plus loin dans son intimité. Lorsqu'il soulevait son cul pour me faciliter la tâche, je ne pouvais m'empêcher de tâter les deux œufs lourds de ses couilles.

– C'est bon. Continue. Encore, Patron !

Cela m'excitait autant que lui. Si Jean-Guy avait été le premier à me dépuceler le cul au Cap, Calixte serait le premier que j'enculerais vraiment aux Cayes. Mais je me gardai bien de le lui dire. Je lui massai les épaules avec le reste de *Nivéa* et soufflai à son oreille :

– Tu veux bien ?

– Vas-y, Patron !

Je me couchai sur son vaste dos, m'excitant une dernière fois la queue en la frottant sur ses fesses à hauteur des reins, puis, reculant légèrement, m'agenouillant entre ses cuisses écartées, je dirigeai d'une main mon sexe vers cette caverne qui me lorgnait. La crème en rendait l'entrée onctueuse et il ne me fallut qu'une légère poussée des reins pour franchir l'anneau des sphincters. Alors Calixte releva légèrement son cul et ses muscles fessiers se contractèrent et se décontractèrent tour à tour, me masturbant le sexe. Je chevauchais mon étalon au rythme imposé par un Calixte dont le cul menait le bal dans un tempo que je ne pourrais soutenir longtemps. Comme un cavalier débutant dans un rodéo j'allais me faire désarçonner.

– Pas si vite ! Pense que je n'ai plus ton âge !

– Toi pas si vieux, Patron ! Toi toujours bon sexe !

Il accorda néanmoins le rythme des contractions et des déhanchements de son cul à celui de mes coups de boutoir. Nous chevauchions de concert, mon éperon bien arrimé. En bout de piste, un grand frémissement me parcourut l'échine, mes cuisses se raidirent. Mes ongles s'enfoncèrent dans les muscles de ses épaules, y laissant quelques griffures blanches, et je m'épanchai dans la douceur et la chaleur de son cul. Je m'effondrai sur son dos, la bouche ouverte sur sa nuque. Calixte s'affaissa sur le lit. Nous restâmes un moment immobiles, accolés, pantelants. Je me retirai lentement, la cavalcade m'avait épuisé. Calixte, alors, se retourna, s'assit, cala l'oreiller derrière son dos, et partit à la poursuite de son orgasme. J'étais toujours couché entre ses jambes écartées et je lui caressais les cuisses pendant qu'il s'astiquait. J'avais sous les yeux ses couilles serrées dans la peau de plus en plus tendue de ses bourses. Un peu de sperme commençait à s'écouler de l'anus. Ses mains montaient, descendaient le long de sa tige gorgée de sang. Il replia ses jambes, bascula, m'ouvrant à nouveau son cul dégoulinant sous ses couilles qui balançaient au rythme effréné de ses mains, il glissa sur son dos, me forçant à reculer, plia, déplia à nouveau ses jambes, s'enfonça un doigt dans le cul et enfin gicla. Ce fut long, lent et crémeux. Le tout accompagné d'une sorte de feulement. Il pressa une dernière fois sa verge dont la tête violacée bâilla, émit un dernier jet. Il se laissa glisser, les bras ballants de part et d'autre du lit, les jambes toujours écartées, son sexe oscilla un peu avant de se recroqueviller. Il avait le ventre moite, étoilé de sperme. Il riait.

– Ah ! Patron ! C'est quand même bon !

C'était effectivement une bonne conclusion.

Un peu plus tard, après avoir repris chacun une douche, nous repartîmes vers le centre-ville. Alors que la veille, à cause de la tempête et du vent violent qui régnait dans les rues, la ville semblait morte, ce jour-là elle avait retrouvé un rythme de vie normale. Une sorte de nonchalance active. La rue principale alignait ses hautes demeures aux balcons à colonnes. L'ocre et le jaune pâle dominaient avec quelques touches de cramoisi. Les enseignes à elles seules méritaient le détour. *Boué d'lo Culligan, li bon pou ti bébé,* ou encore *Au Petit démêlé, À la volonté de Dieu. Vente en gros et aux détails. Lait, cola, savon, pilles* (avec deux l). Le *Shop La Clarté Au goût du Tailleur* proposait boutons, boucles et œillets. Quant aux entreprises de pompes funèbres *Sacré Cœur* elles affichaient un grand *Satisfaction* au-dessus de l'entrée. Les clients ne revenaient pas se plaindre... À un carrefour, une demi-douzaine de garçons jouaient au foot avec une boîte de conserves. Ils avaient le torse et les pieds nus. Ce qui ne les empêchait pas d'envoyer la boîte d'un bout à l'autre du carrefour. L'un d'eux, en court short blanc, était particulièrement habile. Son corps élastique et ses jambes nerveuses déjouaient toutes les feintes de ses adversaires. Nous aboutîmes au marché. Nettement moins achalandé qu'à Kenscoff, Port-au-Prince ou même Cavaillon. À moins que ce ne fût à cause de l'heure tardive. Les échoppes des poissonnières poussaient leurs relents de marée dans tout un quartier. Ailleurs quelques régimes de bananes attendaient preneurs. Et tout un trottoir était couvert des fameux « Kennedy », ces vêtements de seconde main, éparpillés dans un désordre total. Et puis, au détour d'une venelle, ce gosse au sourire enjôleur qui proposait des cartes postales dépareillées. Elles avaient beau être décolorées, déteintes, je ne pouvais que craquer devant ces grands yeux sombres, ce nez retroussé et surtout ces lèvres brun rose bien dessinées. Son bagout fit le reste. Pourtant, il devait y avoir belle lurette que plus personne n'achetait des cartes postales aux Cayes.

Je terminai la journée au restaurant *Cayenne*, dans le centre-ville. J'y étais pratiquement le seul client. Le temps y semblait arrêté, figé comme dans une auberge de la Belle au Bois Dormant. Près de l'entrée, une matrone était assise, la tête prise dans un fichu coloré. Elle somnolait, son menton retombant régulièrement sur son ample poitrine. Les bras croisés sur les genoux, elle souleva un œil lorsque je franchis le seuil de l'établissement. Un garçon arriva, traînant ses pieds nus sur le plancher. On me servit du poisson à l'étouffée avec du riz épicé. Le tout arrosé d'une bière tiède. Mes souvenirs des Cayes ne seraient pas gastronomiques. Je remontai vers le *Concordia* en passant par le môle. Quelques gamins se baignaient nus dans le crépuscule violet. Je m'assis pour profiter de l'air du large et du spectacle de leurs ébats nautiques. Je devinais plus que je ne distinguais leurs attouchements furtifs, leurs étreintes secrètes. Le timbre d'une voix plus sensuelle, un chuchotis entre deux clapotis suggéraient des caresses. Je crus reconnaître mon vendeur de cartes postales. Débarrassé de ses frusques, il avait les fesses rondes, appétissantes et la fourche de ses cuisses abritait d'autres fruits juteux. Il s'ébrouait, le sillon de l'échine se courbait sur ses reins tendus. Les paumes claires de ses mains voletaient au-dessus de sa tête, papillons nocturnes incandescents. La nuit se fit plus dense. Les gosses s'éparpillèrent aux quatre vents. Je finis par rejoindre l'hôtel. Au bar je commandai un rhum-punch que je sirotai près de la piscine. Vraiment seul cette fois. François ne montra pas le bout de sa queue. Le bout de son nez non plus d'ailleurs. Un vent léger frémissait dans les lauriers-roses. La vie était douce. La solitude, tout à coup, m'apparaissait comme un bien inestimable. Je pressentais l'urgence d'en profiter.

CHAPITRE VIII

JEAN GARY

Au matin, je retrouvai Calixte devant ma porte. Comme la veille il avait dormi dans la Daihatsu. Je lui expliquai qu'à Jacmel, la pension *Craft* où j'avais réservé une chambre ne tolérerait sûrement pas que l'on squatte une voiture en face de l'établissement. Je lui réglai donc le montant de ses « prestations » passées et à venir et l'invitai à prendre le petit-déjeuner.

Nous avions la salle du restaurant pour nous. Jus de fruit, toasts et marmelade pour moi, fricassée pour Calixte. Et pour compagnie la radio qui ne diffusait pas la sempiternelle *méringue*, mais de la musique classique. Une musique subitement interrompue par les notes martiales d'un hymne militaire.

– Chanson nationale! m'indiqua Calixte qui avait remarqué ma surprise.

Aussitôt après, un speaker à la voix solennelle annonça:

– Mesdames et messieurs, nous avons le devoir et l'honneur de vous annoncer que sur tout le territoire de la République d'Haïti...

Une fraction de seconde je restai figé, les yeux fixés sur le poste qui allait sûrement annoncer le renversement de Jean-Claude Duvalier, ou l'échec d'une tentative de putsch ou un couvre-feu qui allait me bloquer aux Cayes…

– …il est huit heures !

Un fou rire m'étrangla, surprenant Calixte.

– Quoi de drôle, patron ?

– Rien, Calixte, ce n'est rien. Il est huit heures. Nous allons bientôt partir pour Jacmel.

Une demi-heure plus tard, nous quittions les Cayes.

Une fois encore je n'avais d'autre choix que de reprendre la route de l'aller jusque Grand Goâve. Le ciel était clair et un léger alizé frangeait la mer des Caraïbes. Près d'Aquin, une plage blonde invitait à la baignade. J'y résistai d'autant moins qu'une jolie silhouette arpentait le sable. Après m'être rafraîchi dans l'eau tiède et limpide, je remarquai que le jeune homme que j'avais aperçu de la route n'était pas loin. Je récupérai mon appareil photo dans la voiture et partis à la chasse aux images. Ma proie, si j'ose dire, était vêtue d'un long pagne coloré et dandinait ses fesses avec une vénusté toute féminine. Son dos et sa tête jaillissaient du tissu comme une corolle sombre. Il avait le port altier et, lorsqu'il releva un bras pour se caresser la nuque, je lui trouvai des grâces de statue grecque. Parfois, il se penchait pour récolter quelque coquillage et ses fesses écartées se cambraient, le galbe de ses jambes se dessinait dans la transparence du pagne. Je sentais mon maillot devenir étriqué. Une vague plus forte vint lui lécher les pieds. Il fit un léger bond de côté et apercevant un coquillage sur sa gauche, il se tourna à demi et se pencha pour le ramasser, dévoilant le petit globe d'un sein. Elle m'aperçut, me fit un signe de la main et continua sa pêche aux coquillages. Ma chasse au garçon venait de tourner court. Je m'allongeai sur la plage, laissant à la mer le soin de calmer mes ardeurs…

Je repris la route, croisant régulièrement des processions de femmes. La tête chargée d'énormes baluchons qu'elles tenaient d'une main, l'autre agrippée à la hanche, elles accompagnaient leur marche chaloupée de cantiques à la Vierge.

Après Grand Goâve, la route de Jacmel toute neuve – les Français venaient de la construire quelques années auparavant – traversait le Massif du Coq Chanté avec ses centaines de virages. Un décor spectaculaire de mornes et de précipices piquetés d'arbres isolés, de *cailles* colorées, et toujours, toujours ces processions de femmes surchargées en train de psalmodier. Parfois des hommes les accompagnaient, les bras ballants ou un bâton en travers des épaules noueuses. De petites échoppes à fruits jalonnaient les virages : bananes, oranges, petits citrons verts, sapotilles, ananas, papayes… Des nichées de gosses les entouraient souvent, qui faisaient de grands signes des bras quand la voiture approchait. Gestes d'amitié qui se transformaient parfois en jets de gravier si je ne m'arrêtais pas. Au bout d'une longue plongée, la rade de Jacmel brasillait sous le soleil. La ville avait tiré son nom d'un flibustier, Jacques Melo, et avait connu la prospérité lorsque des navires français, allemands, anglais ou hollandais venaient y embarquer des cargaisons du café qui poussait sur les montagnes surplombant la baie. Aujourd'hui le port n'était plus qu'un souvenir et un cyclone avait ravagé et défiguré la plage, décapitant des dizaines de cocotiers dont il ne restait que des moignons gris.

La pension *Craft*, sur une large place qui dominait la ville, semblait sortie d'un vieil album illustrant les aventures de Tom Sawyer. Le bâtiment de deux étages était construit autour d'un petit patio lui-même planté d'un conifère qui en occupait presque tout l'espace et en absorbait toute la lumière. Un large escalier d'acajou menait aux chambres éclairées chichement. Le plancher couinait sous mes pas. Les tiroirs de la commode grinçaient et le lit à moustiquaire gémit lorsque je m'y assis. Le tout baignait dans une pénombre mystérieuse. À chaque étage, une matrone veillait dans un rocking-chair au bon déroulement du service. J'avais à peine déposé mes bagages qu'elle vint garnir le lavabo d'un cruchon d'eau fraîche. La minuscule salle de bains attenante ne comportait qu'une douche et pas de lavabo. Le restaurant était situé entre le patio et la rue. Je m'y installai et commandai un repas léger. La chaleur a toujours eu le don de réduire mon appétit. On me servit du poisson accompagné de riz, de patates et de salades. De quoi me nourrir au moins deux fois. Et je ne pouvais même pas le partager avec Calixte, car ce dernier, muni de son pactole, était parti à la recherche de son propre logis. Madame Jeanne, la mulâtresse qui dirigeait la pension, s'inquiéta de la qualité de sa cuisine.

– C'était excellent ! Délicieux ! Mais vous savez, avec cette chaleur…

Plus tard, je partis à la découverte de la ville. Je n'avais pas fait vingt mètres sur la place que j'étais accosté.

– Vous visitez la ville ?

– C'est Calixte qui t'envoie ?

– Calixte ?

Il semblait sincèrement surpris. Je lui expliquai que Calixte m'accompagnait mais qu'il n'était pas guide. Que d'ailleurs je n'avais pas besoin de guide pour déambuler dans une petite ville comme Jacmel. Mais que le lendemain par contre, je serais content d'avoir quelqu'un pour m'accompagner au Bassin Bleu.

– Vous voulez un cheval pour y aller ?

Les douleurs au coccyx après la montée vers la citadelle La Ferrière me suffisaient.

– Non. Je préfère y aller à pied. C'est plus facile pour faire des photos.

Il s'appelait Jean Gary. Je lui donnais vingt ans. Ses hautes jambes jaillissaient d'un short bleu barré de blanc. Je lui trouvais le regard doux, teinté de mélancolie, et un fin duvet soulignait sa lèvre supérieure légèrement retroussée. Il ne nous fallut que quelques minutes pour tomber d'accord. Jean serait mon guide au Bassin Bleu.

– Si vous voulez bien, je vais vous faire visiter la ville...

J'allais décliner l'offre lorsque Calixte surgit de l'autre côté de la place, accompagné d'une petite gouape. De jolis biceps mis en valeur par un débardeur effiloché qui s'échancrait sur une poitrine très musclée elle aussi. Malgré ses longs cils en accroche-cœur je lui trouvais un air carnassier. Une sorte de cousin spirituel de Gustave.

– J'ai un guide pour toi, Patron…

Je ne sais pourquoi mais le pupille de Calixte ne m'inspirait guère confiance malgré son côté appétissant. Et sa façon de me lancer des œillades en se caressant les mamelons pour m'aguicher avait quelque chose de trop. Une semaine plus tôt, j'aurais sans doute craqué en regardant sa braguette, mais là je me sentais proche de la saturation.

– Je ne t'ai pas demandé de me trouver un guide. D'ailleurs, j'en ai déjà un…

– Moi faire quoi avec alors ?

Le ton de sa voix témoignait d'une colère rentrée. Il essaya de me faire croire qu'il avait dû avancer de l'argent pour embaucher le garçon. Je lui fis comprendre que ma naïveté avait des limites et qu'elles étaient atteintes. Furieux, il fit demi-tour accompagné de son « guide ».

– Ce n'est pas un guide, c'est un voyou. Vous devriez être prudent…

Le conseil de Jean Gary eut raison de mes dernières réticences. J'acceptai donc qu'il reste avec moi pour visiter la ville.

Elle étageait ses quartiers autour de sa plage de sable noir. Son passé florissant resplendissait encore à travers les façades des anciennes demeures des négociants en café. Façades ajourées de balcons en fer forgé comme en Louisiane, façades dotées de larges balustrades au-dessus de colonnes doriques ou corinthiennes pour imiter des quartiers chics de Londres au XIXe siècle. Des ruelles abruptes ou des escaliers éculés aboutissaient au rivage ravagé par le cyclone. Un grand hôtel y accueillait quelques touristes ainsi que des Haïtiens aisés et bedonnants. Je ne m'attardai guère sur la plage trop bien fréquentée. Les maillots y étaient du dernier chic, d'une décence trop catholique pour m'appâter. Les gamins des quartiers pauvres n'avaient pas droit de cité ici. Je remontai vers le marché, abrité sous un vaste toit de tuiles rouges. Toujours la même féerie de couleurs et de parfums dans un brouhaha confus. Avec ici des effluves de café qu'on ne trouvait pas ailleurs. La façade blanche de l'église rappelait le baroque mexicain mais les deux clochers qui la flanquaient auraient plutôt évoqué les minarets arabes s'ils n'avaient été surmontés d'une croix. Une vaste demeure coloniale, la Maison Cadet, étalait ses galeries et ses balcons à colonnes de part et d'autre d'un carrefour, le tout chapeauté d'une sorte de tourelle conique d'un mauve délavé. Jean Gary, comme tout guide qui se respecte, m'achemina vers une boutique. L'odeur forte des cigares et l'arôme des cafés s'y mêlaient aux fragrances des morceaux de bois qu'un artisan utilisait pour sculpter des corps stylisés aux cuisses larges, aux seins pointus et au sexe avantageux. J'y fouinai en vain pour trouver la miniature ou la statuette qui aurait évoqué un jeune éphèbe haïtien dans toute sa simple sensualité. Cette denrée avait beau courir les rues et les plages, elle n'inspirait pas les artistes du cru qui préféraient le grotesque au tendre, la caricature à la réalité.

Le soir tombait, je regagnai la pension *Craft*. Madame Jeanne tint à me mettre d'emblée en garde :

– Cher ami ! Figurez-vous qu'une sorte de vagabond est venu rôder autour de votre voiture. Il a même voulu monter dans votre chambre. Rassurez-vous, j'ai refusé et je l'ai prié de déguerpir. J'espère que votre véhicule est bien verrouillé…

Je la remerciai et imaginai l'accueil que cette dame plus que respectable avec son chignon gris et ses grands jupons blancs avait dû réserver à ce diable de Calixte. Je passai rapidement à table et fis honneur à la cuisine créole qui était à la hauteur de la réputation du *Craft*. Quelques patates douces accompagnèrent un petit poulet parfumé au cumin et à la coriandre. Un Muscadet doré pour flatter le tout. Un menu léger à la mesure de mon petit appétit.

Après dîner, je retrouvai Jean Gary et… Calixte. La colère de ce dernier avait dû fondre dans la torpeur de l'après-midi, et c'est avec son éternel sourire un peu béat qu'il m'accompagna avec Jean jusqu'au wharf du port abandonné. Des vagues molles venaient y mourir sous les piliers de béton érodés. Munis de trois bières achetées au bar proche du wharf, nous nous assîmes à l'extrémité du môle. Je ne fis aucune allusion à la tentative avortée de Calixte de pénétrer à la pension *Craft* et me contentai de lui demander s'il avait trouvé un lit pour la nuit.

– Bien sûr, Patron ! Si tu veux, on peut finir la soirée chez moi !

Je ne répondis pas à cette invite. Le silence s'installa entre nous, un silence bercé par la musique en sourdine qui nous parvenait du bar. Toujours les mêmes rythmes syncopés répétés inlassablement qui finissaient par produire le même effet sur nos croupions. Au bout d'un long moment Calixte me demanda :

– Et demain, Patron, tu fais quoi ?

– Je vais au Bassin Bleu. Avec Jean.

– Pas besoin de moi alors ?

– Demain ? non, mais tu peux venir avec si tu veux…

Je n'espérais pas qu'il accepte l'invitation. Il s'enquit :

– C'est loin, Bassin Bleu ?

Ce fut Jean qui répondit :

– C'est dans la montagne. Il faut marcher deux heures. Et partir tôt avant que le soleil ne chauffe trop.

Cette perspective ne semblait pas réjouir Calixte qui, après avoir avalé une gorgée de bière, se contenta d'un :

– Peut-être ! Si moi pas là, n'attends pas, Patron !

La première bière éclusée, je lui proposai :

– Tu en veux une autre ?

– Merci, Patron !

Je lui tendis quelques gourdes et le priai d'en ramener aussi pour Jean et moi. Il nous quitta au rythme de la *méringue* et revint de même, les trois bouteilles au bout des doigts.

– Toi beaucoup travailler ?

La question s'adressait à Jean Gary. J'appris ainsi que Jean Gary avait vingt ans, qu'il vivait seul avec sa mère et que son principal boulot consistait à en trouver. Guider un touriste, aider un artisan, porter un colis à l'autre bout de la ville… Pas grand-chose en somme, et rien qui garantisse de pouvoir manger à sa faim chaque jour. Une jeunesse vécue à coups d'expédients !

– Pourquoi tu ne viens pas à Port-au-Prince ? Au *Tropical*, on cherche un garçon comme toi !

– Et pour faire quoi ?

Calixte éclata de rire et se tapa sur la cuisse :

– Business ! Business !

Il but une longue gorgée de bière, puis :

– Patron, si tu veux, on va à ma chambre et montrer à Jean le business du *Tropical* ! Non ?

Et pendant qu'il s'enfilait une nouvelle gorgée, sa main libre se fit baladeuse et me remonta la cuisse, avant de me chatouiller le ventre.

– Patron aimer ça, tu sais !

Et pour que Jean n'ait pas de doute sur ce que je pouvais aimer, il déposa sa bouteille, joignit le pouce et l'index d'une main et y fit coulisser l'autre index tout en envoyant des baisers bruyants. C'était grotesque. Je me levai.

– Jean, on s'en va... On doit se lever tôt demain ! Calixte, je te laisse les bières. Bonne nuit !

– Mais, Patron ! Moi rigoler ! Pourquoi toi fâché ?

Et en plus il avait l'air sincèrement désolé.

– OK. Je ne suis pas fâché.

– Alors tu finis la bière !

Je me rassis. Jean fit de même. La nuit nous enveloppait. Calixte enleva son débardeur, l'étendit sur le béton et se coucha. Il avait déjà vidé la seconde bouteille de bière, qu'il faisait rouler sur son torse en chantonnant en créole. Puis brusquement :

– Toi plus aimer moi !

Allions-nous sombrer dans le mélo ? Et que pouvait signifier le verbe aimer dans la bouche et la situation de Calixte ? Le *Tropical,* que je sache, n'était pas une agence matrimoniale. Si j'avais « aimé » le cul de Calixte c'était presque malgré moi. Notre relation avait été aussi brève qu'intense mais n'avait, dans mon chef, aucune connotation sentimentale. Ce faux dur au sexe d'étalon avait-il donc un cœur de midinette ?

– Pourquoi dis-tu ça ?

– Tu fais l'amour avec Jean. Plus besoin de moi !

– Tu déconnes. Je n'ai fait que visiter la ville avec Jean.

– Toi coucher l'amour demain. Moi, je dois partir.

Je me tournai vers Jean et, à la seconde même, je pressentis que Calixte avait deviné juste. Je ne savais pas encore ni où ni comment, mais je savais que Jean Gary m'offrirait son sexe comme l'avait fait Jean Tibois. En plus de leur prénom commun, je leur trouvais d'ailleurs une sorte de familiarité dans la douceur des gestes et du regard. Calixte avait raison, mais je ne pouvais le lui avouer. Je lui tendis ma seconde bouteille de bière que je n'avais pas encore entamée.

– Allez, bois un coup ! Et on oublie tout ça !

Il ouvrit la bouche et laissa couler la bière qui se répandit sur son menton, sa gorge.

– À ton tour, Patron !

Je bus une petite gorgée. Je voulus lui tendre à nouveau la bouteille mais il me saisit le poignet.

– Tu sens, Patron !

Et il guida ma main vers son entrecuisse. Je pus « sentir » que l'étalon était en pleine forme.

– Si tu m'aimes encore, tu le montres !

Et il appuya ma main sur la bosse que faisait son sexe sous le short. J'écartai les doigts et fis glisser ma paume vers la ceinture du short. Calixte tétait à nouveau la bouteille.

– Tu vas être saoul !

Il décolla ses lèvres du goulot.

– Toi pas parler. Continue !

Jean s'était levé et était allé s'asseoir quelques mètres plus loin. J'appréciai sa discrétion. Puisque tel était le vœu de Calixte, je continuai donc. Je retroussai son short, mes doigts se nouèrent autour de sa queue. Je la sentais palpiter contre ma paume.

– Patron, s'il te plaît !

C'était à peine un murmure, mais c'était un ordre. J'obtempérai, l'amenant lentement mais sûrement vers l'éjaculation. Il acheva la bière, toujours allongé sur le béton, le sexe à l'air. Je remontai son short et lui murmurai à l'oreille :

– Bonne nuit, Calixte ! Que la Vierge te protège !

Je le laissai aux bons soins de Notre-dame de la Merci, les bras en croix, crucifié sur le wharf désert. Je rejoignis Jean. Nous remontâmes vers la pension *Craft*. Nous n'échangeâmes pas un mot. Calixte avait tout dit. Tout commentaire aurait été mensonger ou superflu.

Je dormis mal. Calixte hantait ma somnolence et, pour chasser son fantôme, je glissai l'oreiller sous mon ventre. Le lit grinça quand j'enfonçai mon clou dans le cul de Calixte, et il grinça encore et encore jusqu'à ce que mon sexe douloureux pleure ses larmes de sperme dans l'oreiller qui les absorba. Alors, enfin, je trouvai le repos. Dans les bras de Jean Gary.

Nous atteignîmes le Bassin Bleu au terme d'une longue pérégrination dans la montagne qui domine Jacmel et sa baie. Calixte n'était pas au rendez-vous et ni Jean ni moi n'y fîmes allusion. Madame Jeanne, déjà sur pied, veilla à ce que j'emporte des bouteilles d'eau.

– Le chemin est très dur. Le soleil particulièrement chaud. Il faut boire, cher ami, sinon vous risquez la déshydratation…

Jusqu'à la Grande Rivière de Jacmel, nous marchâmes côte à côte dans les rues désertes à peine troublées par le chant d'un coq. La rivière était très large mais peu profonde. Il fallait la traverser à gué. Sur la rive, en face, une colonne de femmes s'apprêtait à faire de même. Elles avaient déposé leurs paquetages pour retrousser leurs jupes ou leurs robes. Un mulet les précédait, bâté de deux hottes pleines. Les femmes, me dit Jean, se rendaient au marché de Jacmel pour y vendre les produits de leurs *cailles*: des œufs, des légumes. L'une d'elles avait accroché à sa ceinture deux poules encore vivantes qui battaient des ailes et caquetaient, le bec presque au ras de l'eau. Un peu plus loin, deux lavandières déballaient les draps qu'elles venaient lessiver et, près d'un îlot de gravier au milieu de la rivière, deux hommes faisaient leurs ablutions pendant que leurs vêtements séchaient sur les cailloux. Le pantalon retroussé jusqu'à mi-cuisse, je traversai derrière Jean. La rivière était peu profonde à cet endroit, mais la marche pieds nus sur les cailloux parfois pointus, parfois glissants m'obligeait à toutes sortes de contorsions. Les femmes me hélèrent en riant. Leurs plantes de pied étaient beaucoup plus endurcies que les miennes et formaient de véritables semelles qui leur permettaient de franchir la rivière avec aisance tout en maintenant leur paquetage sur le crâne. Jean m'attendait sur l'autre rive, le rire aux lèvres lui aussi.

Au-delà de la rivière, le sentier partait directement à l'assaut de la montagne à travers une bananeraie dont les palmes s'ouvraient en éventails verts. Les fruits pointaient leurs phallus jaunes dans un grand bourdonnement d'insectes. Plus loin, le chemin disparaissait presque dans les hautes tiges des cannes. Près d'une *caille,* un coq était encordé à un gros caillou. Je pensai à Calixte et à l'oiseau des Cayes.

– C'est un coq de concours, m'expliqua Jean. Il ne peut pas s'épuiser à courir avec les poules…

Les servitudes de la gloire…

Un grand arbre presque sec portait de curieux fruits. C'étaient des épis de maïs.

– On les attache ensemble en grosses bottes puis on les suspend aux branches. Comme ça, ni les poules ni les rats ne peuvent manger les grains pendant qu'ils sèchent…

Une colonie de papillons jaunes zébrés de noir virevoltait autour d'un buisson aux petites fleurs roses nacrées. Ailleurs, d'autres papillons aux ocelles moirés et aux coloris vifs poursuivaient une sorte de danse nuptiale près d'un marigot. Un palmier avait les branches complètement colonisées par des nids de tisserins.

– C'est pour éviter les serpents…

Le chemin se faisait de plus en plus escarpé. Nous croisâmes encore quelques femmes dont la chef de file, au visage ridé taillé dans du bois sec, tétait une longue pipe brune. En queue de peloton, une femme plus jeune, aux formes épanouies par une récente maternité, portait en sautoir un nourrisson qui sommeillait, les bras ballants. Elle était coiffée d'un gros baluchon de draps qu'elle allait sans doute lessiver à la Grande Rivière.

Jean marchait à quelques mètres devant moi. Son échine ondulait au-dessus de ses longues jambes nues. Il avait la démarche souple des félins et ni la fatigue ni la chaleur ne semblaient avoir de prise sur lui. Je transpirais. Je buvais. Plus je buvais, plus je transpirais. J'avais l'impression d'être une éponge. Je demandai à Jean de s'arrêter un peu. Je m'assis sur le bord du sentier tandis qu'il restait debout à mes côtés. Quand je levai les yeux vers lui pour lui proposer un coup d'eau, la fourche de son short me dévoila la naissance de ses cuisses, les noix brunes de ses bourses. Ma gorge s'assécha. La prémonition de Calixte s'imposa, fulgurante. J'osai :

– Tu viendras dans ma chambre tantôt ?

J'appuyai ma demande en posant ma main droite juste au-dessus de son genou gauche.

– Je ne pense pas que Madame Jeanne me laissera monter…

– Et si elle accepte ?

J'avais toujours la main sur son genou. Il aurait pu reculer d'un pas, s'écarter. Ce ne fut pas le cas. J'ajoutai :

– J'ai vraiment envie de toi…

Il me rendit la bouteille, se contenta de sourire avant de me dire :

– Allez, viens ! On n'est pas encore rentrés !

L'ascension reprit lorsque le hennissement d'un cheval nous surprit. Un jeune étalon à la robe alezane surgit au détour du chemin. Il était monté à cru par un couple de jeunes cavaliers presque nus. Le premier garçon serra ses cuisses contre les flancs de l'animal et tira sur les rênes pour l'immobiliser, figeant ainsi l'image sensuelle d'une trinité païenne. Les deux adolescents accolés l'un à l'autre ne faisaient qu'un avec l'étalon dont la robe luisante dégageait un fumet luxurieux. Le second cavalier avait croisé les mains sur le pagne de son compagnon. J'imaginais la conjugaison du frémissement des muscles du cheval et des crispations des doigts du garçon sur le sexe du premier cavalier. J'imaginais la fulgurance de son orgasme pris au galop, le cri de son plaisir jeté dans le vent. Et le second ne devait pas rester en rade. Lorsque j'arrivai à sa hauteur, un simple coup d'œil vers son pagne me révéla que lui aussi était prêt à prendre son envol. Heureux amis, heureux amants ! Un instant je rêvai de partager le même plaisir avec Jean. Le devina-t-il lorsqu'il me fit remarquer :

– Tu vois qu'avec un cheval, on peut aussi s'amuser…

Ainsi donc le manège des deux ados ne lui était pas passé inaperçu. C'était plutôt de bon augure.

Le chemin aboutit enfin sur une sorte de plateau au milieu duquel se dressait une petite cabane avec une porte munie d'un guichet, derrière lequel trônait un fonctionnaire qui me pria poliment mais fermement d'acquitter un droit d'entrée de six cents gourdes. Beaucoup plus que la somme mentionnée dans les guides. Une somme exorbitante à l'échelle de Haïti. Cela sentait l'arnaque à plein nez. Je voulais bien contribuer à arrondir le petit salaire de ce fonctionnaire perdu au milieu de la montagne, mais pas à ce point. Je l'assurai que je ne disposais pas d'une telle somme, que son prix ne correspondait pas à celui mentionné par Madame Jeanne. Je bluffais. Je n'avais demandé aucun prix à Madame Jeanne, mais le nom de la propriétaire de la pension *Craft* suffit à ramener le tarif à de plus justes proportions. Je m'acquittai de quatre cents gourdes, le prix d'une passe aux Cayes, et rejoignis Jean Gary sur le dernier tronçon qui menait au Bassin Bleu.

Le Bassin Bleu était en fait composé d'une succession de bassins creusés par une petite rivière qui cascadait de l'un à l'autre. Les eaux cristallines avaient des reflets turquoise. La légende voulait qu'une déesse y ait élu domicile, une déesse aux longs cheveux d'ébène qu'elle coiffait avec un peigne d'or les soirs de pleine lune après les avoir baignés dans le lac des Palmes, le plus grand des trois bassins. Elle avait la fâcheuse habitude de disparaître à l'approche des humains. Mais le plus intéressant n'était pas la déesse – quoique ! – mais bien son peigne d'or. Celui qui réussirait à s'en emparer serait assuré d'être immensément riche jusqu'à la fin de ses jours. De quoi faire rêver dans ce pays de misère.

Au premier bassin, deux femmes battaient du linge sur les rochers plats de la rive. Une fillette pataugeait près de l'étranglement d'où l'eau jaillissait pour retomber deux mètres en contrebas. Un escalier rudimentaire, taillé dans la roche, nous conduisit au second bassin, plus petit, plus sombre. Enfin, après une dernière ascension à travers de gros rochers, ce fut le troisième bassin, le plus vaste, le plus profond. La rivière y plongeait au terme d'une longue descente à travers une sorte de toboggan. Le soleil n'éclairait pas directement les hautes parois ocre qui entouraient la piscine mais ses rayons se réfractaient sur l'eau et éclataient en milliers de points lumineux qui miroitaient sur les rochers, conférant à l'endroit une atmosphère irréelle.

J'imaginai la déesse, habillée de lune, les seins exacerbés par la morsure de l'eau froide sur sa peau, son peigne d'or rutilant au bout des doigts démêlant ses cheveux humides où s'accrochaient les reflets des étoiles…

Jean allait-il la remplacer ? Il avait retiré sa chemise et j'espérais qu'il allait enlever son short pour sauter à poil dans le bassin. Il plongea effectivement, mais en gardant sa culotte. Il nagea sous l'eau pour ne réapparaître qu'à l'autre bout du petit lac. Je me déshabillai et entrai à mon tour dans l'eau. Je rejoignis Jean qui se laissait masser le dos par la chute d'eau qui dévalait du toboggan naturel. Je me hissai à sa hauteur et, pour éviter d'être entraîné par le courant, je m'accrochai à lui. Il noua ses jambes autour de mes reins. J'étais prisonnier, menotté à son ventre. Il avait les bras écartés, accrochés de part et d'autre du toboggan. Des filets d'eau ruisselaient sur son torse, en soulignant la géographie, le relief des pectoraux hérissés des mamelons, la vallée du sternum, la dépression qui se creusait en nombril. J'aurais voulu explorer davantage son anatomie, découvrir son cratère secret après avoir tracé le contour de ses hémisphères, relever la route qui va de l'aine à la fourche de ses cuisses, et pour finir assister à l'éruption de son volcan, lui faire cracher sa lave. Mais l'inconfort du lieu ne se prêtait pas à ce genre d'exploration. Je me contentai de presser davantage mon ventre contre le sien et de m'abreuver à son nombril.

– Tu verras tout à l'heure…

Il dénoua ses cuisses et me libéra, je regagnai le côté opposé du bassin et me rhabillai. Jean fit de même. Il était temps de redescendre si nous voulions être à Jacmel pour déjeuner.

Il était midi passé quand nous revînmes à la pension *Craft*. Madame Jeanne m'informa aussitôt que l'espèce de vagabond était revenu rôder autour de la voiture et qu'elle l'avait à nouveau prié de déguerpir. Ce qu'il avait fait en lui demandant de me dire qu'il regagnerait Port-au-Prince aujourd'hui même.

Calixte en avait sans doute marre de tourner en rond dans une ville où il ne connaissait personne. Son retour à Port-au-prince ne me contrariait pas. Jean Gary ferait un parfait coéquipier pour m'accompagner demain à la capitale. En attendant je lui proposai de rester à dîner avec moi.

– Ici ?

– Bien sûr ! On mange très bien ici.

– Et tu crois que Madame Jeanne…

– Madame Jeanne, je m'en charge…

J'expliquai à Madame Jeanne que Jean resterait pour dîner avec moi. Mais qu'en attendant j'avais quelques problèmes particuliers à régler avec lui concernant mes activités de cet après-midi et de demain et que je souhaitais régler cela dans ma chambre. Elle se montra réticente comme prévu, me rappelant que les indigènes n'étaient pas autorisés à monter dans les chambres des clients, que cela n'était qu'une source d'ennuis. Que c'était une question de principe !

Les meilleurs principes, c'est bien connu, finissent toujours par céder si on s'appuie suffisamment dessus.

Je lui dis que je comprenais parfaitement sa position et la remerciai encore d'avoir écarté le « vagabond » qui rôdait autour de ma voiture. Mais Jean Gary était un garçon en qui j'avais entièrement confiance et en plus c'était presque un client puisque nous allions dîner ensemble chez elle. Elle finit par se rendre à mes fausses bonnes raisons.

– D'accord, cher ami. Mais pas longtemps. Juste le temps de régler vos comptes.

C'était exactement ce que j'avais envie de faire.

Je montai l'escalier d'acajou, Jean sur mes talons. À sa vue, la gardienne de l'étage sursauta, ses sourcils se firent circonflexes. Je la rassurai :

– Madame Jeanne est au courant…

– Si Madame Jeanne est d'accord !

Si Madame Jeanne avait su…

Il fallait faire vite. Je n'avais que le temps d'un apéritif pour aller au bout de mes envies.

– Il fait chaud, tu ne trouves pas ?

En un tournemain je me dévêtis. Je m'assis sur le lit qui accusa le coup en geignant. Jean se tenait immobile en face de moi, je nouai mes bras autour de ses reins, j'avais le visage à hauteur de son short, j'y enfouis mon visage, puis d'un geste sec je l'abaissai, découvrant son sexe encore indolent qui reposait sur son nid de couilles. Je les gobai l'une après l'autre, éveillant l'oiseau qui se tendit, prit son envol. Je léchai la pulpe rose de son gland. Je haletais, je tremblais, j'avais peur que le rêve ne se fracasse, qu'un geste de Jean ne mette fin à ce qui n'était encore que des prémices. Jean, qui jusque-là avait assisté en spectateur docile mais passif à cette mise en bouche, réagit enfin, se débarrassa du short qui lui encombrait les mollets, fit glisser sa chemise par-dessus sa tête. Il venait de me signifier à sa façon qu'il était partant pour la suite du voyage. Je basculai sur le lit, l'entraînant dans ma culbute. Nous étions empêtrés dans la moustiquaire, ce qui le fit rire. Je me soulevai légèrement et me tortillai pour lui permettre de nous défaire de ce voile encombrant et il s'allongea sur moi.

– Tu veux faire aller-venir ?

J'opinai de la tête et je sentis son bassin se mettre en branle, son sexe croiser le mien. Ma main glissait sur sa colonne vertébrale, lui flattait le creux des reins.

– Vas-y, Jean ! Baise-moi ! Arrose-moi !

J'arc-boutai mon ventre, calquant mes mouvements sur les siens. Son sexe allait, venait, dague de feu dans un fourreau de soie. Jean se crispa, rejeta la tête en arrière, la carotide offerte. Il étouffa un cri. Des coulées de lave tiède se répandaient sur les flancs de mon ventre-volcan. Je lui caressai la verge encore raide, les couilles, qu'il avait gonflées et sombres, et le fit basculer avant de le couvrir de baisers, de l'habiller de nouvelles caresses. À mon tour je m'allongeai sur lui, enfonçai ma queue dans son entrejambe. La chevauchée fut brève, saccadée. Mille étoiles éclatèrent dans ma tête quand je traçai ma voie lactée autour du nombril de Jean…

Le lit avait souligné chaque mouvement de nos corps d'un couinement significatif. À moins que d'être sourde et sans imagination la dame de l'étage ne pouvait ignorer ce qui s'était passé dans la chambre. Elle eut la discrétion de ne pas lever la tête de sa broderie quand nous descendîmes pour déjeuner.

Toute cette mise en train avait ouvert l'appétit de Jean. Il dévora le *red fish* en grillade et la platée de riz qui l'accompagnait. Il fit honneur au dessert – une tarte au flan – que Madame Jeanne nous proposa. Je mangeai peu, j'étais repu, rassasié, la bouche encore pleine des sucs que j'avais goûtés au plus intime de Jean. Qu'avais-je donc fait pour mériter ce bonheur? Le rire de Jean me charmait. En oubliant sa pudeur il avait perdu sa mélancolie. Je lui proposai :

– Calixte est parti. Pourrais-tu m'accompagner demain jusque Port-au-Prince ?

Je n'imaginais même pas qu'il aurait pu refuser.

La plage de Jacmel étant trop bien fréquentée, Jean me proposa d'en découvrir une autre, du côté de Cyvadier, à quelques kilomètres à l'est de la ville. C'était une anse où les plages de sable blond étaient entrecoupées de rochers. Les baigneurs n'étaient pas très nombreux. Les fortes vagues avaient le don de déculotter les gamins qui ne se baignaient pas nus. À l'ombre d'un palmier, cinq garçons avaient disposé des fûts vides et improvisaient de la musique *steel band*. Le plus âgé, avec un bâton en main en guise de micro, se déhanchait et chantait dans un sabir qui mélangeait le français, le créole et l'anglais. Ses copains tapaient sur les fûts tantôt du plat de la main, tantôt avec des morceaux de bois. Les quelques baigneurs qui les entouraient les encourageaient en balançant du croupion et en frappant dans leurs mains. Après avoir enlevé sa chemisette, le chanteur entama une sorte de *limbo* sous les applaudissements du public. Les mouvements de ses hanches se firent plus lascifs tandis qu'il penchait le buste vers l'arrière. D'une main, il tenait son faux micro, de l'autre il se caressait. Il avait écarté les jambes pour garder l'équilibre et son pantalon de fine toile jaune esquissait d'un trait fin le début d'une érection. Ne serait-ce que pour cela je déposai quelques gourdes dans l'écuelle qu'un jeune batteur me tendit à la fin du numéro.

La plage s'étendait, se prolongeait au-delà du cap rocheux qui délimitait la baie. Jean nous amena vers une petite crique sablonneuse où un ruisseau se jetait dans la mer après avoir décrit un ultime coude dans le sable de la rive, y creusant un bassin d'eau douce, d'un bon mètre de profondeur. Une douzaine de garçons s'y ébattaient. Grands ados ou jeunes adultes. La grosseur de leurs sexes dans leurs caleçons trop étroits disait que ce n'étaient plus des enfants, même s'ils en avaient gardé l'insouciance et l'impudique gestuelle. C'était une sorte de haras aquatique où de jeunes étalons s'affrontaient au corps à corps avant de se mesurer plus tard, ailleurs, avec de jeunes pouliches. Tout était prétexte à fausse bagarre. Une éclaboussure de trop, et c'était le plongeon dans les jambes de l'adversaire, la remontée en surface dans un grand bouillonnement d'eau, poitrine contre poitrine, les coudes noués chacun à la nuque de l'autre. Ils tournoyaient ainsi, le sillon de leurs échines ondulait jusqu'à ce qu'ils chavirent l'un sur l'autre, l'un dans l'autre et rejaillissent quelques brasses plus loin, ventre à cul cette fois. La bataille se faisait langoureuse, les mains se faisaient caresses.

Plus loin, un garçon plus âgé était aux prises avec un garçon fluet. Après lui avoir donné le tournis en le faisant tournoyer à bout de bras, il le saisit d'une main à l'entrejambe et le lança vers la berge où il s'étala sur le ventre, bientôt rejoint par son compagnon qui le couvrit de son corps, l'immobilisa. Leur posture ne laissait planer aucune équivoque sur les fantasmes du plus grand, même si tout ne restait qu'à l'état d'ébauche. Deux autres poursuivaient un troisième à la nage. Lorsqu'ils le rattrapèrent, l'un deux s'agrippa à son slip, dévoilant les globes brillants de ses fesses. Sans prendre la peine de se reculotter, l'assailli plongea sur l'un des assaillants, le renversa et lui fit subir le même sort. La lutte se poursuivit queue à queue, torse à torse jusqu'à ce qu'ils sombrent d'un commun accord en un naufrage on ne peut plus volontaire. Dans l'indifférence des uns et sous les applaudissements des autres le combat se termina par une traînée blanche sur le ventre du plus jeune.

Un des garçons plus âgés, solitaire, restait à plat ventre sur la plage, à l'écart des autres. Sa peau plus claire dénotait un métissage lointain. Il avait les fesses bien moulées dans un maillot rouge feu, deux fossettes marquaient ses reins. Il faisait semblant de dormir, la tête légèrement tournée sur le côté appuyée sur ses avant-bras. La grâce de l'adolescence habitait encore ses yeux noisette ombrés de cils arachnéens, mais son corps s'affirmait déjà dans la plénitude du jeune adulte. Je m'étais approché de lui. Il ne disait rien, m'observant à travers la barrière de ses cils. Il finit par se mettre sur le dos. Du sable sec collait à sa peau autour de ses mamelons, ourlait son nombril d'une couronne éphémère.

– Tu aimes les garçons, n'est-ce pas ?

Était-ce une question ou une affirmation, je ne sais. Pour toute réponse j'approchai la main, ôtai le sable qui lui garnissait la poitrine. Du bout d'un ongle, j'enlevai les poussières qui s'étaient incrustées dans son nombril. Je le sentis tressaillir. Il cligna des yeux.

J'allongeai la main vers la bosse du maillot. Je le sentais tendu, prêt à vibrer comme la corde d'un violon, puis il se retourna brusquement, mettant fin au concerto pour deux solitudes que nous venions à peine d'entamer. Je rejoignis Jean qui était resté assis près des autres. La plupart avaient, semble-t-il, calmé leur fougue et consumé leurs ardeurs dans des combats plus sensuels que guerriers. Le plus jeune de la bande était assis en tailleur au bord du bassin et s'amusait à faire couler du sable liquide entre ses doigts. En face de lui, l'aîné du groupe, en tout cas le plus costaud, était étendu le ventre et les jambes dans l'eau. La plupart des autres garçons étaient assis ou couchés dans les environs. Une sorte de torpeur générale régnait sur le lieu. C'est alors que je remarquai que le grand costaud ondulait lentement du bassin. Appuyé sur les coudes, il redressait parfois le buste, son regard gris se voilait, un peu de salive suintait de sa bouche entrouverte. Il vit que je l'observais. Je n'étais d'ailleurs pas le seul. Mais le rite auquel il s'adonnait devait être connu des habitués car l'un d'eux vint s'agenouiller près de lui et lui caressa le dos, les reins, glissant ses doigts sous le maillot, vers les fesses. Les coups de reins dans le sable mou de la berge se firent plus amples, plus lisses. Le gamin cessa de jouer au sablier. Il savait l'issue proche, se retourna pour attirer mon attention. Le grand noir se releva brusquement, libéra son sexe du maillot et ensemença la plage d'une giclée de sperme crémeux. Ses copains applaudirent. Moi aussi. Le festival était terminé. Ils reprirent leurs vieilles bicyclettes et par un petit sentier regagnèrent leurs *cailles* dans la campagne environnante. Restait le garçon solitaire, toujours étendu à l'écart. Quand je m'approchai, il se redressa, s'épousseta le ventre, le torse et entama une sorte de danse, silencieuse d'abord, puis accompagnée d'une étrange mélopée. Les muscles de son ventre et de ses cuisses ondulaient sous la peau au rythme des claquements secs qu'il émettait avec le pouce et le majeur. Suivit un mouvement plus saccadé destiné à mettre en valeur ce qu'il m'avait refusé tout à l'heure. Sans cesser d'onduler des fesses, il fit glisser ses mains le long des hanches et, ses yeux arrimés aux miens comme s'il avait voulu m'hypnotiser, il retroussa son maillot jusqu'à ce qu'il tombe à ses pieds. Je voulus m'approcher. Il bondit en arrière et continua son ballet. Jambes croisées, il écartait et refermait les fuseaux de ses cuisses tout en frôlant son sexe du bout des doigts. Quand il fut sur le point de conclure, il écarta ses bras en l'air, poussa le ventre en avant, sa queue dressa la tête, encensa. Il s'affaissa à genoux sur le sable. La mélopée s'acheva sur un cri guttural. Le sable absorba sa lactance.

Cette danse reptilienne m'avait subjugué. Jean Gary aussi, je pense. Mais le garçon avait déjà repris ses esprits, il s'était relevé et, toujours à poil, il me tendit la main :

– Ce sera dix dollars !

C'était nettement plus que le salaire mensuel du Haïtien moyen. Mais j'avais savouré son offrande et le spectacle que m'avaient offert les autres garçons. Je sortis un billet de dix dollars de mon sac et m'approchai du garçon.

– Comment t'appelles-tu ?

– Jean-Chrétien.

– Bravo, Jean-Chrétien. J'ai beaucoup aimé !

Lorsque je tendis ma main vers son sexe, il ne recula plus. J'enroulai le billet autour de sa verge et le fis coulisser. Mes doigts recueillirent un reliquat de sa lactance. Je les léchai. Jean-Chrétien éclata de rire. Jean Gary aussi.

À Cyvadier, la plage était presque déserte. Je ne m'y attardai pas. Jacmel se préparait à subir l'assaut d'un orage accumulé par toute la chaleur de la journée. La ville semblait tétanisée dans l'attente du premier éclair qui poignarderait le ciel noir au-dessus du Bassin Bleu. Plus rien ou presque ne bougeait. Le soir tomba pourtant sans qu'une goutte de pluie ne vienne rafraîchir l'atmosphère. Comme je n'imaginais pas que Madame Jeanne autorise Jean Gary à venir à nouveau traiter des « affaires » dans ma chambre, il me quitta sur la place, me promettant d'être là le lendemain vers neuf heures pour m'accompagner à Port-au-Prince.

La cuisine de Madame Jeanne et un Cabernet-Sauvignon chilien me tinrent compagnie jusqu'à ce que je retrouve Jean Gary, Jean-Chrétien et les autres dans la pénombre de ma chambre. Ce soir-là, c'est Jean-Chrétien qui me servit d'exutoire. Quand je jouis, je le vis distinctement se pâmer, un billet de dix dollars taché de sperme entre les dents…

Jean Gary fut ponctuel, j'assurai Madame Jeanne que si je revenais à Jacmel je ne manquerais pas de descendre à nouveau dans sa pension et je pris à revers les centaines de virages de la Route de l'Amitié à travers le Massif du Coq Chanté. La route, une des meilleures de l'île, nous conduisit à Port-au-Prince plus vite que prévu. Comme je me voyais mal débarquer avec Jean au *Tropical* je décidai de changer de crèche et jetai mon dévolu sur le *Beau Séjour*, un vaste complexe hôtelier du boulevard Truman, face à la baie. L'accorte demoiselle de la réception m'accueillit presque à bras ouverts, m'accorda une réduction sur le prix de la chambre.

– Les touristes sont si rares cette année que nous avons décidé de baisser tous nos tarifs…

Et elle n'éleva aucune objection lorsque je demandai à Jean de me suivre…

Après nous être douchés, savonnés, essuyés mutuellement, nous prîmes possession du vaste lit double qui nous attendait comme un vaisseau pour une ultime Cythère. Jean s'allongea sur mon dos, sa langue m'agaçait la nuque, le lobe d'une oreille. Il murmura :

– Tu ne sais pas… mais j'ai un fils !

Je relevai la tête. Surpris. Il n'y avait fait aucune allusion lors de la soirée sur le wharf de Jacmel.

– Tu es marié ?

Il me mordilla l'épaule, ses doigts agaçaient mes aréoles qui se hérissaient.

– Pas encore. Je n'ai pas assez d'argent pour me mettre en ménage et pour commencer ma *caille*.

– Elle s'appelle…

– Azulie.

Il prononça son prénom avec une sorte de gourmandise. Je lui trouvais la fraîcheur d'un bonbon acidulé. Azulie…

– Elle a quel âge ?

Ses mains glissaient sous mon ventre. Il haleta :

– Seize ans…

Seize ans. Déjà mère. Il ne fallait pas être fort en maths pour conclure :

– Tu l'as connue très jeune…

Ses doigts emprisonnaient mon sexe. Le sien se faisait impérieux.

– Elle avait quatorze ans. Elle était vraiment mignonne. Si tu avais vu ses petits seins, toi aussi tu aurais craqué…

J'avais vu suffisamment de jeunes filles nues au bord des rivières pour imaginer les poires juteuses boutonnées d'aréoles, le tout nappé de chocolat. Même les moins affamés en auraient redemandé.

– Au début…

Sa verge se nicha dans mon entrecuisse.

– Je faisais attention. Je la prenais comme un garçon…

Je fermai les yeux pour mieux voir. J'imaginais la rencontre furtive, la jupe relevée, les fesses joufflues, accueillantes, de la gamine. Le sexe gourmand de Jean. Ses mains qui pressaient les poires juteuses, le baiser dans le cou, le sperme qui éclaboussait les reins…

– Et puis un soir…

Un coup de boutoir et le sexe de Jean vint buter à la porte secrète, celle que je n'avais ouverte que pour un autre Jean, une sorte d'Azulie au masculin.

– Nous n'avons plus fait attention…

Plus il me parlait d'Azulie, plus je le sentais vibrer. J'avais l'impression que Jean lui faisait l'amour par procuration. Son bassin se mit doucement en branle pour faire « aller-venir », comme il disait. Se voyait-il comme je l'imaginais dans les bras d'Azulie le soir des semailles ? Leurs jambes-lianes emmêlées, entrecroisées, les lèvres-abeilles de Jean butinant le suc des poires juteuses, le soc de Jean creusant le sillon et, dans un grand cri d'amour, l'ensemencement.

– Azulie…

Ce ne fut pas un cri, à peine un bruissement des lèvres. Peut-être même l'avais-je rêvé… Jean chavira, j'essuyai mes cuisses gluantes avec un pan du drap de lit. Je lui caressai le genou.

– Et comment s'appelle-t-il ?

– Aimé… Aimé-Louis !

Je pris à mon tour possession du corps de Jean. Aimé, c'était un joli nom pour un enfant de l'amour.

– Aimé… Et pourquoi Louis ?

– Le père d'Azulie s'appelait Louis…

Nous aurions pu en rester là. Mais je voulais honorer Jean de mon sperme une dernière fois. Une ultime scène avant le baisser de rideau. Je pensais qu'après Jean Gary ce serait, et pour longtemps, une longue traversée du désert où je ne ferais l'amour qu'avec mes souvenirs.

Ce fut une scène de trop. Le scénario avait beau être archi-connu, l'acteur principal ne fut pas à la hauteur des prétentions du metteur en scène. Bien sûr, il bandait, le diable, et de belle manière, mais il se refusait obstinément à conclure. J'essayai tour à tour le cul, le ventre, la bouche de Jean. J'avais le sexe douloureux à force de le frotter partout, tendu à se rompre mais la bouche désespérément close, aride. Était-ce la fatigue, la chaleur ? L'esprit d'Azulie venait-il de me nouer l'aiguillette ? En cette terre de vaudou on peut tout imaginer. Je décollai mon ventre moite des fesses humides de Jean dans un bruit de ventouse. Je transpirais, j'étais à bout de souffle. Je me laissai glisser sur le lit défait, bras et jambes en croix. J'implorai Jean :

– Suce-moi, s'il te plaît !

Il s'exécuta pendant que je reprenais haleine. Mon sexe retrouva quelque vigueur dans la caverne tiède de sa bouche. Lorsque Jean releva la tête pour respirer un coup, le gland surgit, satiné de salive. Je me branlai avec frénésie. Jean prit le relais avec douceur. Mais l'organe restait sourd à toutes les sollicitations. C'était la panne sèche. Comme le proclamait le slogan d'Europe-Assistance, ça n'arrive pas qu'aux autres…

Jean par contre… À croire que le verbe débander n'existe pas en langue Caraïbe !

Je le rejoignis dans la salle de bain. Il se rafraîchissait sous le filet d'eau de la douche. L'éloquence de son sexe relevait de la provocation. Je m'agenouillai devant son totem circoncis, mes mains se joignirent autour de ses couilles. Il poussa son bassin, vint s'empaler entre mes lèvres tremblantes. Je le pompai. Ma langue s'incurvait autour de son gland proéminent, en éprouvait la texture, en soulignait la moindre ciselure. J'avais la bouche en vulve et les mains pleines de ses fruits charnus dont je voulais goûter le suc une dernière fois. J'accélérai la cadence de mes lèvres autour de sa hampe. Ses doigts se crispèrent dans mes cheveux. Ses couilles se contractèrent, sa verge frissonna. Un liquide tiède et doux-amer me gicla dans la gorge. Je trinquai à la santé d'Azulie, au plaisir de Jean et au bonheur d'Aimé-Louis…

Nous trinquâmes encore au *Rond-Point*, le restaurant chic du boulevard Truman où il ne mettrait sans doute plus jamais les pieds. Le serveur fronça les sourcils quand il le vit entrer avec son baluchon, un grand drap de bain dont je n'avais même pas eu l'usage et où il avait serré une paire de chemises, des sandales et des essuies. Mes pantalons étant beaucoup trop courts pour ses longues jambes, j'y avais ajouté un maillot de bain et quelques slips. J'aurais aimé qu'il m'offre le sien en échange, mais il était nu sous son short... J'y avais joint la boîte d'*Aspro* et la crème *Nivéa* que j'avais à peine entamée pour lubrifier le cul de Calixte. Il m'avait laissé son adresse.

– Je penserai à ton fils...

Je l'accompagnai à la gare routière près de la Croix des Bossales. Un gros *tap-tap* était en partance pour Jacmel où il n'arriverait que tard dans la soirée si aucune panne ne venait perturber le trajet. Je réglai le prix du voyage. Pas d'étreinte, nous étions en public, mais une dernière poignée de mains. Il se hissa dans la benne couverte du camion. Dernière vision : ses jarrets qui se tendent pour retrouver l'équilibre. Des bras le happèrent, ses longues cuisses brunes se fondirent dans l'agglomérat des passagers. Le *tap-tap* cracha une fumée noire et grasse et tourna à gauche en direction de Carrefour.

– Hé, Blanc !

Il avait sans doute quinze ans, un joli minois et des rêves pécuniaires plein la tête. Je le remerciai par un sourire d'avoir pensé à moi. Je fis non de la tête et rentrai seul au *Beau Séjour*.

Chapitre IX

JEAN TI-BOIS

Le retour se faisait proche. Dans moins de vingt-quatre heures, je m'envolerais vers Pointe-à-Pitre et Paris. Je mis de l'ordre dans ce qui restait de mes bagages… Lorsque le soir prit possession de la baie, le chauffeur du *Beau Séjour*, complètement désœuvré dans cet hôtel presque vide, me suggéra de faire un tour dans des boîtes à filles. Il y en avait pour tous les goûts et certaines étaient particulièrement excitantes, m'assura-t-il. Et ses mains de dessiner une large croupe et des nichons opulents. De quoi me faire fuir au cas, improbable, où j'aurais été tenté de suivre ses conseils.

Je dînai au *Tiffany*, un restaurant qui se voulait classe non loin du *Beau Séjour*. Je commandai une soupe de poissons, un tournedos à la créole et un rhum-punch. Je me préparais à demander la carte des vins lorsque le garçon arriva avec un large plateau. L'apéro, le potage et le tournedos copieusement garni me furent servis d'une traite. Certes, j'étais le seul client en ce début de soirée, mais je ne méritais pas autant d'empressement. J'aurais voulu en faire la remarque au serveur, mais je me ravisai. On n'a pas tous les jours l'occasion de déguster un tournedos – il s'avéra vraiment tendre et savoureux – avec un rhum-punch.

Pour remonter vers l'hôtel, je flânai le long du boulevard. La nuit était à peine perturbée par quelques rares véhicules. La lumière diffuse des lampadaires perçait difficilement la ramure des palmiers et des flamboyants qui bordaient l'avenue. Aussi fus-je assez surpris et je sursautai lorsqu'une voix résonna devant moi et qu'une ombre se détacha du tronc d'un palmier.

– Salut! Vous ne me reconnaissez pas?

Il s'écarta du trottoir, dans une flaque de lumière. Je respirai. C'était...

– Junior?

– Soi-même!

Il me tendit la main, me gratifia d'un large sourire et s'inquiéta:

– Si vous retournez au *Tropical*, il vaut mieux prendre un taxi. À cette heure-ci, c'est dangereux de se promener seul du côté de Carrefour... Si vous voulez, je peux vous accompagner...

Le *Beau Séjour* était tout proche. Je l'invitai.

– Soi-même?

– Tu vois quelqu'un d'autre dans les parages? Ou tu as un rendez-vous urgent?

Nous étions seuls et il n'avait apparemment de rendez-vous qu'avec le hasard. Et ce soir-là, le hasard c'était moi.

Le bar du *Beau Séjour* était désert. Le barman n'avait même pas jugé utile de l'éclairer. Il nous servit néanmoins deux grandes bouteilles de bières fraîches que nous emportâmes dans ma chambre. Dans la salle de bains, je rinçai les deux verres qui se trouvaient sur l'évier pour y servir les bières. Lorsque je rentrai dans la chambre, Junior avait déjà laissé tomber la chemise et le pantalon. Il ne portait plus qu'un slip bleu ciel très moulant qui soulignait les rondeurs de sa bite et accentuait l'aspect croustillant de son cul.

– Si vous…

– Tu peux me dire tu quand même…

– Si tu veux bien, j'aimerais d'abord…

– Tu veux prendre une douche ?

– Non… Enfin, oui !

Il était embarrassé et ne savait trop comment s'exprimer. Aussi, plutôt que de continuer sa phrase, il fouilla hâtivement les poches de son pantalon, en extirpa un billet tout chiffonné, il le déplia, me le tendit… C'étaient cinquante gourdes ! La boucle était bouclée !

Je faillis en laisser tomber les verres.

– Et la douche, c'est d'accord ?

Le rituel du *Tropical* était décidément tenace. Cette fois, je l'accompagnai. J'étais bien décidé à profiter de cette embellie inattendue avant l'hiver sexuel que j'appréhendais. Je voulais aussi exorciser l'inhibition qui avait jeté une ombre sur mes derniers rapports avec Jean Gary. Les bières pouvaient attendre.

Junior avait commencé à s'enduire de gel douche. J'achevai la tâche consciencieusement, n'oubliant aucun repli de son anatomie. Il pivotait lentement sous le jet, offrant tour à tour à mes doigts fureteurs, ses fesses, son unique couille, ses aisselles encore glabres, le pli des genoux, la fontaine de son nombril, sa gorge élancée, les lobes des oreilles. Son sexe gluant de gel échappa à ma prise, ce qui le fit rire. À son tour, il se mit à l'ouvrage. Il avait le toucher à la fois vigoureux et caressant, ses doigts m'émoustillaient la verge et lorsqu'il les déploya autour de mes couilles pour bien les imprégner de gel, je ne pus m'empêcher de pousser un râle de plaisir.

– Tu aimes ?

Quelle question ! La réponse était si évidente que Junior accentua la pression. Une sorte de fulgurance me saisit, venue du tréfonds de mes testicules. Gel douche et sperme ne faisaient plus qu'un sur mon ventre et les doigts de Junior. Il venait, en quelques gestes, d'exorciser mes peurs. Il se rinça les doigts et, avec une éponge, me débarbouilla le ventre. L'eau de la douche ruisselait sur son torse, y traçait de multiples filets savonneux. Une bulle liquide irisait une de ses aréoles, je la suçai. Elle avait à la fois le goût amer du savon et salé de l'épiderme de Junior. D'autres bulles étaient prisonnières de sa toison, entourant son sexe d'une couronne de pierres aussi précieuses qu'éphémères. Un sexe royalement brandi qu'il s'apprêtait à branler pour en faire jaillir son plaisir. Je l'arrêtai.

– Pas tout de suite… Garde-le pour le lit !

Nous nous rinçâmes tour à tour, Junior n'hésitant pas à diriger le jet copieux du pommeau de la douche vers nos trous de balle. Puis, ayant saisi la plus volumineuse des serviettes éponges, il nous en ceintura tout en lui imprimant un mouvement de va-et-vient destiné à nous sécher le dos. Ainsi accouplés, nous rejoignîmes la chambre et le lit. Junior lâcha l'essuie qui glissa à nos pieds. Il se laissa choir sur le couvre-lit. Je lui demandai :

– Tu n'as pas un peu soif?

Il se pourlécha les lèvres encore humides.

– Je veux bien…

Je remplis les deux verres à dent à ras bord. La douche nous avait tout à la fois rafraîchis et assoiffés, si bien que nous ne fîmes qu'une gorgée des deux bières.

Le verre à peine déposé sur la table de nuit, Junior reprit la pose qui lui avait été familière lors de son passage au *Tropical*. Un mélange subtil d'indolence et de provocation. Un regard de premier communiant modestement baissé… vers son sexe qui n'avait rien de modeste. Les bras à l'abandon de part et d'autre sur ses genoux écartés, relevés de manière à mettre en évidence cet orifice qu'il avait si abondamment rincé. Comme il avait les lèvres ourlées d'un peu de mousse de bière, j'entrepris de la lui enlever en quelques coups de langue. Il se laissa lécher, avant de darder sa langue à la rencontre de la mienne. Nos baisers avaient un arrière-goût de houblon, mais ce n'était pas désagréable. Pendant que je l'embrassais, ses mains avaient pris possession de mes fesses qu'elles massaient avec la même douceur et la même fermeté que celle dont il avait fait montre sous la douche. J'abandonnai ses lèvres, j'allais butiner ses mamelons lorsqu'il me fit basculer. Sous son apparence plutôt gracile, il était assez vigoureux et particulièrement agile. Ses cuisses avaient pris mon torse en tenaille. D'une main, il se saisit de ma queue et la dirigea vers son anus. La pression conjuguée de ses doigts et de ses fesses eut le don de me raidir à nouveau. D'un mouvement du bassin, je poussai mon sexe en avant. Mon gland à vif heurtait à l'huis de son antre secret sans y pénétrer. Quand il estima que mon sexe était à point, Junior, d'une pirouette, se retourna et s'allongea au-dessus de moi. J'avais ses genoux à hauteur des oreilles, sa couille me frôlait la bouche et il s'apprêtait à me pomper la verge lorsqu'on frappa à la porte…

– Merde !

Junior suspendit son geste. Du doigt, je lui intimai l'ordre de rejoindre la salle d'eau. Étais-je donc voué au coït interrompu avec ce garçon ? Comme aux plus belles heures du *Tropical*, je me ceinturai de l'essuie qui traînait encore au pied du lit. J'ouvris. C'était le barman.

– Excusez-moi, cher Monsieur, si je vous ai réveillé…

Son sourire goguenard m'indiquait qu'il ne croyait pas un mot de ce qu'il disait et d'ailleurs je n'avais vraiment pas la tête de quelqu'un qui sort d'un profond sommeil.

– …mais il y a au bar un jeune homme qui cherche votre ami. Un certain Ti-Bois. Jean Ti-Bois. Ils avaient rendez-vous près de l'hôtel et comme…

Je coupai court à ses explications.

– Dites à Jean Ti-Bois de nous rejoindre. Et ajoutez trois nouvelles bières… et un verre !

Sitôt dit, sitôt fait. La surprise de Jean Ti-Bois fut égale à la mienne. Il n'y a que Junior qui ne semblait pas vraiment étonné lorsqu'il sortit de la salle de bain, à poil, le sexe d'équerre et le sourire aux lèvres.

– Ah ! tu es quand même venu ! Je croyais que tu avais oublié…

Il ne semblait nullement affecté d'avoir « oublié » son rendez-vous. Jean Ti-Bois non plus d'ailleurs.

– J'ai eu du travail imprévu au *Tropical*. Deux chambres à préparer pour des Allemands qui ont débarqué à l'improviste. Comme je ne te trouvais pas sur le boulevard, j'ai demandé à Steve…

– Steve ?

Ce fut Junior qui répondit à ma curiosité :

– C'est le barman du *Beau Séjour*…

– Vous le connaissez ?

– Ben oui… Il nous laisse rentrer dans l'hôtel avec des clients…

Tout était dit. Nos retrouvailles n'étaient pas dues qu'au hasard. Je me tournai vers Jean Ti-Bois.

– Même toi ?

– Ça arrive…

C'était Calixte qui avait raison. Jean Ti-Bois était du même bois que les autres garçons du *Tropical*. Ce fut donc sans l'ombre d'un remords que je lui proposai :

– Et si tu prenais d'abord une bonne douche…

Dois-je vraiment vous raconter ce que fut cette dernière nuit à Port-au-Prince ? Je n'attendis même pas que Jean ait pris sa douche pour recommencer à lutiner Junior. Avec sa faculté de bander en permanence, le jeune Haïtien semblait toujours prêt à démarrer au quart de tour. Je m'allongeai sur le lit à plat ventre, la tête entre ses cuisses qu'il avait à nouveau écartées. Il poussa son cul à la rencontre de ma bouche, repliant ses chevilles autour de ma nuque. Ma langue s'insinua au plus profond de ses fesses, découvrant les saveurs inconnues de ses sucs les plus intimes. Junior ondulait du bassin, soulevait son croupion, espérant sans doute que ma langue le pénètre davantage. Jean, ses ablutions terminées, nous rejoignit. Agenouillé au pied du lit, il entreprit à son tour l'exploration buccale de mon fessier. Avec ses pouces, il m'élargit un peu la raie, y déposa un baiser mouillé avant d'y insuffler un peu de son haleine. Je frissonnai. Mon cul se crispa quand la langue de Jean s'enfonça dans ma cavité. Elle se fit insistante, fouineuse, et comme Junior auparavant, je tortillai des fesses, soulevai mon bassin. La langue ardente de Jean avait atteint la barrière du sphincter. Elle le titillait tout en l'oignant de salive. Je n'en pouvais plus. L'acuité du plaisir m'enflammait, me consumait. J'éprouvai le besoin d'exprimer ma béatitude par un cri. Je relevai la tête, abandonnant le cul de Junior. J'étais à présent sur les coudes et les genoux. Jean se hissa sur le lit. Junior s'était redressé. Ils me prirent simultanément, Junior par la bouche, Jean par le cul. J'étais devenu l'exutoire de leur volupté. Lorsqu'ils se penchaient en avant, au-dessus de mon dos, leurs têtes devaient se frôler. Junior, plus fébrile, et qui était en rut depuis plus longtemps, chavira le premier. Je sentis son membre frissonner dans mon palais, sur le point de se liquéfier. À la dernière seconde, il le retira de ma bouche, m'éclaboussa le nez, les paupières, le front de son foutre clair. Il émit un grognement de satisfaction, se laissa choir sur les draps froissés et sombra presque aussitôt dans une sorte de somnolence. Jean Ti-Bois, plus doux, plus lent, n'en était encore qu'aux prémices. Son sexe cognait à l'entrée, creusait son sillon dans ma raie, je sentais ses couilles s'écraser contre mes fesses. D'une nouvelle poussée, il parvint à franchir le Rubicon. Une douleur intense m'irradia le ventre, je faillis hurler. Mais Jean reprit son va-et-vient avec plus d'onctuosité, et la douleur devint plénitude. Je le sentais vibrer en moi, exalter son plaisir et le retenir tout à la fois. J'avais trouvé une épée à la mesure de mon fourreau. Les mains de Jean me caressaient les flancs, le ventre, et lorsque je sentis ses doigts se crisper autour de mon nombril, ses ongles me labourer la peau, je compris que l'apogée était proche. Au dernier coup de boutoir de Jean, je répondis par une contraction plus forte du cul et je ressentis aussitôt que le sexe de Jean échappait à son contrôle. Il entra en transe et déchargea. Sa semence m'inondait. J'avais les reins en feu mais le cœur apaisé. Je me laissai tomber à plat ventre, Jean Ti-Bois toujours sur mon dos humide. Toujours accouplés, nous restâmes immobiles un long moment. Nous nous abandonnions à la douceur de l'autre dans la chaude moiteur de nos ventres intimement emboîtés. Ce fut un de ces moments suaves où l'on voudrait mourir pour n'emporter dans l'au-delà que le bonheur d'avoir vécu cet instant-là. Junior, à nos côtés, s'était endormi. Jean me souffla à l'oreille :

– J'espère que tu as eu aussi bon que moi…

Il y eut encore le frisson délicieux provoqué par le long glissement de sa verge qui se retirait. Une ultime caresse, un baiser sur les paupières, un merci murmuré… Il devait être largement plus de minuit…

J'aurais bien voulu dormir comme mes deux amants. Mais, était-ce le trop-plein de fatigue ou le trop-plein de bonheur, je ne parvins pas à fermer l'œil. Un quartier de lune éclairait la chambre et le grand lit défait. Le ventilateur brassait péniblement l'air lourd, humide. Je contemplais mes deux compagnons plongés dans le sommeil. Jean Ti-Bois dormait profondément, sur le ventre, la tête posée sur ses avant-bras repliés. Un liséré de lune soulignait son échine tandis qu'une flaque plus claire baignait ses reins, plongeant dans l'ombre le vallon qui se creusait à la naissance de ses cuisses. Il respirait lentement, son dos se soulevait parfois lorsqu'il inspirait à fond. Une légère buée lui couvrait la nuque, à la naissance des cheveux. Un instant je fus tenté de l'essuyer, puis j'y renonçai. À quoi bon bousculer le sommeil d'un garçon heureux ? Junior, par contre, avait le sommeil plus agité. Il se retournait régulièrement. Heureusement que le lit était vaste. À un moment, il marmonna quelques phrases en créole. Rêvait-il ? Toujours est-il qu'il bandait à nouveau. Sans doute son sommeil était-il perturbé par un de ces *wet dreams* qui peuplent les songes des grands adolescents. Couché sur le dos, une jambe repliée, l'autre tendue, il avait l'art, même en dormant, de mettre son sexe en exergue. Il gémit à nouveau, tendit un bras, déplia l'autre, la lune allongea l'ombre de sa verge. Sommeillait-il encore quand il se toucha ?

L'aube survint. Je ne dormais toujours pas.

Je m'approchai de Jean qui reposait toujours sur le ventre. Je déposai un baiser furtif près d'une oreille et lui susurrai :

– Je veux te faire l'amour une dernière fois…

D'une main, j'effleurai son dos, provoquant à peine quelques frémissements à fleur de peau. Je lui flattai les fesses, un peu comme on encouragerait un cheval avant un dernier galop. Car cette fois, il s'agissait bien d'un dernier tour de piste. L'heure n'était plus à l'originalité ni aux prouesses insolites et spectaculaires. Je voulais aller au but sans passer par des chemins de traverse... Du genou, j'écartai les jambes du garçon, geste qu'il accentua de lui-même en s'écartelant davantage. Une manière de me signifier que la voie était libre, que la vallée qui s'ouvrait au creux de ses cuisses serait accueillante. Je ne me fis pas prier et je m'allongeai sur le dos de Jean, le sexe confortablement niché dans le coussin tiède et moelleux de ses fesses. J'entamai aussitôt le rituel sur un tempo langoureux. Junior, qui venait de se réveiller, vint s'agenouiller près de nous, sa trique en main, visiblement prêt pour un nouveau challenge. Il accompagnait mes ondulations en astiquant sa verge avec une sorte de frénésie qui confinait à la fureur. À ce rythme-là, il ne pouvait que gagner la course. Je ne tentai même pas de le rattraper. Je le laissai prendre son envol, préférant prolonger ces dernières minutes de bonheur avec Jean. Je voulais lisser jusqu'à l'usure le satin de sa peau, en explorer chaque pore, chaque grain, une dernière fois, cueillir du bout des lèvres la fine buée qui perlait aux confins de sa nuque. J'aurais voulu faire de cette aurore, une éternité...

Junior éjacula presque en criant. À force de se balancer d'avant en arrière, il avait failli tomber à la renverse et une traînée de sperme maculait les draps. Tout ce tohu-bohu tira Jean de son semblant de sommeil. Il étira ses bras et manifesta le désir de se retourner. Je constatai d'emblée que mon dormeur avait le pénis bien éveillé. Les bras tendus vers moi, il m'invita à achever la partie. Il noua ses jambes aux miennes, nos mains s'étreignirent. Sexe contre sexe, bouche à bouche, nous atteignîmes ensemble cette petite mort chère aux amants.

Ce fut Junior qui nous ressuscita :

– Dites donc, les amoureux… Faudrait penser à vous lever. J'en connais un qui doit préparer les petits-déjeuners au *Tropical*…

Il disait cela, mais, lui, il se dandinait toujours à poil et se grattait la couille avec délectation. Pour nous venger, je lui saisis le testicule et Jean l'attrapa par une cuisse, nous basculâmes dans le fouillis des draps pour un dernier charivari. L'hôtel était presque vide. Nous ne dérangions personne. Après quelques minutes culs par-dessus têtes, il fallut bien retomber les pieds sur terre. Je les laissai jeter leur dévolu sur quelques-uns de mes derniers vêtements. En échange, Junior accepta de me prêter son slip bleu ciel que j'enfilai aussitôt. Les adieux furent brefs, sans artifices, mais non sans regret en ce qui me concerne. Ils quittèrent ma chambre en riant. Je les accompagnai jusqu'au boulevard. Sur la baie, le ciel bleuissait déjà. Jean héla un *tap-tap* matinal. Il y monta avec Junior. La vie reprenait son cours. Je m'écroulai sur ce qui avait été un lit. Au milieu des draps chiffonnés je retrouvai le billet de cinquante gourdes fripé, imbibé de sueur et de foutre. Je le portai à mes narines, le humai. Il ne me fallut pas beaucoup d'imagination pour y déceler les effluves de Junior, de sa bite joyeuse et de son cul coquin. Je glissai la coupure dans son slip bleu ciel.

Vanné, je m'endormis. Enfin.

Quelques heures plus tard, après avoir bouclé ma valise de plus en plus légère, je passai en coup de vent à l'Œuvre Saint Michel. Sœur Véronique avait préparé une longue missive pour ses amis de Belgique. Elle insista encore une fois :

– N'oubliez surtout pas de leur dire que les produits de première nécessité sont très chers et que nous manquons de tout…

Dois-je vraiment vous avouer que j'avais la tête ailleurs ?

Je fis un crochet par le bureau de la DJ Car Rental, réglai le montant de la location de la voiture. Dans une boutique du boulevard Dessalines, j'effectuai quelques achats de petits souvenirs. Broderies garnies de fausses perles très colorées, colifichets parfaitement inutiles, quelques cartes postales de coins idylliques pour fantasmes européens. Je faisais enfin du tourisme. Je tuais le temps plutôt. Je rentrai à l'hôtel, pris une petite collation, sortis ma carte de crédit et payai mon séjour. J'étais prêt pour le retour.

Pendant que j'attendais le taxi qui me conduirait à l'aéroport, un groupe d'enfants envahit le hall du *Beau Séjour*. Jeunes ados, ils étaient visiblement issus des milieux favorisés de la capitale et la piscine était leur lieu de rendez-vous. À leur beauté naturelle et à leur charme, je conclus que la plupart étaient métissés. L'un deux, aux cheveux de jais mi-longs et à la peau mate légèrement ambrée, un air de Mowgli de luxe dans ses nippes chic, s'assit en face de moi pendant que ses copains et copines prenaient d'assaut les cabines-vestiaires de la piscine. Il se savait séduisant et remarqua vite qu'il ne me laissait pas indifférent. Il me sourit et, avant de rejoindre les autres, il me lança d'un air joyeux, plus péremptoire qu'interrogatif:

– Vous aimez les Haïtiens!

Les avais-je aimés? J'avais été particulièrement volage au cours de mes deux semaines de voyage comme si volupté et fidélité ne pouvaient s'accorder. Pouvait-on aimer des jeunes dieux autrement qu'en les adorant tous? Les miens sans doute ne figureraient jamais dans aucun panthéon. Même s'ils portaient des prénoms chrétiens comme Jean, Michel, Louis, Calixte et d'autres que j'oublie, mes jeunes dieux tenaient plus souvent du démon que de l'ange. Ange ou démon, ils avaient, comme le chantait Rimbaud, de beaux corps de vingt ans qui devraient aller nus...

Je les avais adorés. Je m'étais laissé envoûter par la magie noire de leurs ventres nus, de leurs sexes rutilants, à la fois durs comme l'airain et souples comme le jonc. Pour eux, j'avais allumé mon cierge au plus profond de leur sanctuaire. Je leur avais voué un culte païen sur leur autel de chair, j'y avais répandu mes offrandes les plus intimes, je les avais aspergés en récitant des oraisons éjaculatoires, j'avais succombé à toutes les tentations, priant Dieu de ne pas me délivrer des mâles... Je m'étais donné en de secrètes noces lors de vêpres nocturnes sans autres oripeaux que nos peaux moites. J'avais brûlé ma bouche à l'incandescence de leur source, j'avais scellé de mes lèvres impies leurs lèvres bénites à l'eau lustrale des cascades divines, j'avais célébré des eucharisties sauvages aux rites d'autant plus sacrés qu'ils étaient sacrilèges, nous avions communié sous toutes les espèces…

« Ceci est mon corps. Ceci est ton sperme… Alléluia ! »

Mais le taxi m'attendait. Dans trois heures le Boeing d'Air France m'arracherait à l'île et me ramènerait sur terre.

La messe était dite.

« *Ite missa est…* »

Je refermai mon Évangile… Il avait une couverture bleue. Bleu Caraïbes…

Achevé d'imprimer en décembre 2007
par l'imprimerie Nørhaven
pour le compte de H&O éditions
BP 90 - 34502 Béziers cedex
Tél. 04 99 43 05 52 - Fax 04 67 35 14 23
E.mail : heto1@wanadoo.fr
Internet : www.ho-editions.com

Dépôt légal : janvier 2008
Imprimé au Danemark